三國疑雲

卷 11

臥龍鳳雛

水的龍翔 著

目錄

第一章

碎夢刀法

他的青龍偃月刀刀意一變，便在臨近張遼時罩住張遼的周身，昔日桃園結拜，三英聚首，他在桃花林中舞刀助興，這廂使出的碎夢刀法，刀意過處宛如桃花紛飛，落葉飄零，看似極為輕柔，卻是暗藏殺氣。

張遼終於明白傳說中的青龍偃月刀有多可怕，自己經歷過的大小戰役上百次，卻從未見過如此敵手。

不！應該說**自己根本不是對手**。

但是，**世上就是有這麼一種人，從來不知道退縮為何物，魏軍有虎癡許褚，漢軍有猛張飛，吳軍有周泰，華夏軍裡有太史慈……**

雖然，張遼不是有勇無謀的人，但是此時的他只想著給呂布報仇，以至於幾乎喪失了理智，竟然舉起烈焰刀硬著頭皮和關羽硬碰硬起來。

張遼大吼一聲，招式一變，直劈關雲長前心。

他的刀法向來以快、準、狠為特點，招招都足以致命，中間不帶絲毫的華而不實。

他的刀法是他從實戰經驗中不斷揣摩來的，講究的就是實用，出手就是殺招，看似平庸無奇，實則蘊含了極大的威脅。

關羽見張遼是來和自己拼命來了，一聲冷笑，**所謂的拼命，只是對功夫相若者有效，否則拚掉的只是自己的性命**。

他的青龍偃月刀刀意一變，便在臨近張遼時罩住張遼的周身，昔日桃園結拜，三英聚首，他在桃花林中舞刀助興，這廂使出的碎夢刀法，刀意過處宛如桃花紛飛，落葉飄零，看似極為輕柔，卻是暗藏殺氣。

一時間刀氣縱橫，張遼感覺到從未有過的壓力。

他也是用刀的名手，見關羽將大刀使得出神入化，不禁暗暗驚奇，心中更是一陣驚詫：「難道晉侯當年也是死在這套刀法之下？」

眼看刀鋒轉向張遼的脖項，華夏軍中忽然放出一支冷箭，從側面射向關羽的臉頰。

「卑鄙！」漢軍中，霍篤大叫一聲，策馬而出，挺起長槍，縱馬向華夏軍中放冷箭的張謙殺了過去。

關羽耳邊聽到破空的聲音，回轉身子格擋已經來不及了，當即一個鐙裡藏身，躲過一箭，可惜手中青龍刀卻未能砍中張遼，兩馬相向而行，最終失之交臂。

張謙見霍篤朝自己奔馳而來，也不甘示弱，當即「駕」的一聲大喝，策馬而出，挺起手中長槍便迎了過去。

這邊張遼躲過一劫，心有餘悸，同時也不敢再輕視關羽，調轉馬頭後，但見關羽騎著赤兔馬飛奔而來，青龍刀光芒大盛，與天地相呼應，攻勢越來越猛。逼得張遼只有抵擋的份，再無還手之力。

關羽和張遼正在憨鬥，那邊霍篤和張謙也在進行著生死較量，剛過三回合，張謙突然撥馬便走。

霍篤見狀，大叫一聲：「無恥敵將休走！」話音未落，策馬便狂追了出去。

張謙見霍篤追來，臉上露出了狡黠的笑容，漸漸放慢馬匹的速度，待霍篤逼近，突然轉身，一個回馬槍便刺中了霍篤的鎧甲。

張謙占有兵器之利，手中鋼槍鋒利無比，直接穿透霍篤身上披著的鐵甲，透進了霍篤的心窩，之後又從霍篤的背後透出，槍尖沾著鮮血，霍篤被刺穿了身體，當場斃命。

「大哥！」霍峻見自己的親哥哥被殺，悲憤異常，張弓搭箭，一箭便射了出去，飛一般的射向張謙。

張謙猝不及防，正中左臂，扭臉見霍峻舉著長矛策馬奔來，便抖擻了下精神，正要去迎戰霍峻，忽然座下戰馬馬失前蹄，險些將他跌下馬來。

此時霍峻殺到，鐵矛寒光一閃，當即朝著張謙心窩刺去。

張謙見勢不妙，直接從馬背上跳了下來，在地上打了個滾，舉起手中長槍便刺向霍峻。

霍峻見張謙槍法詭異，早有防備，鐵矛一橫格擋下來，騎著馬，轉著圈的攻擊張謙。

張謙左臂受傷，終究少力，加上第一次受傷，左臂又是血流不止，漸漸落了下風。

與此同時，關羽占盡了上風，不過對付張遼卻甚是艱難，以往他仗著赤兔馬之便，移動迅速，不等別人反應過來，他就策馬奔至，但是今天，他卻始終捕捉不到張遼，只因張遼座下的獅子驄也是一匹千里馬，無論是奔跑速度還是耐力都不亞於赤兔，數次馱著張遼躲過了關羽的刀鋒。

兩人互相戰鬥二十回合，雖然張遼處於下風，卻因防守嚴密，終究沒有落敗，氣得關羽也是一陣暴怒。

兩邊都是驚險萬分，但是張謙的情形更加的危險些，被霍峻逼得無所遁形，腿上不知不覺便中了一矛，使得他走路也極為不便。

張遼帳下幾員部將見了，紛紛策馬來救張謙，漢軍中呂常見狀，也帶著幾員戰將加入了戰圈，迎著了華夏軍的戰將，結果兩邊不斷地增加人數，好好的單打獨鬥，硬是變成了一場混戰。

這是一場武力和勇氣的較量，混戰一起，雙方的參戰人數不斷地增加，從最初的幾個人，驟然飆升到了數百人，兩軍陣前，所有校尉以上的軍官全部參戰了，慘叫聲和兵器碰撞聲不斷響起，不斷有人喪生，卻也不斷有人加入戰圈，只片刻之間，兩軍徹底崩潰，全部一擁而上，在這邊曠野上展開了廝殺。

不一會兒，混戰的優劣之勢便展現了出來，華夏軍兵革優勢俱佳，短短的時間內，只陣亡了數十人，而漢軍卻是數以百計，當真是以一當十。

張謙被部下救走，帶回後軍，但是他本人還是不停地叫囂著，死活不肯離開戰場，非要親手殺了霍峻才肯甘休。但是經不住部下的抬架，直接被強行駕到了後軍，脫離了戰場。

關羽、張遼正在憨鬥，此時已經過了差不多三十多回合，本想稍歇片刻，哪知道剛一分開，便見周圍混戰不止，失去了控制，雙方的士兵便介入了他們之間的縫隙，不得不又奮起和自己的部下一起並肩作戰。

場面完全失控了，戰場上血肉橫飛，鮮血充斥著每一寸空氣……

兩軍混戰，關羽和張遼以及部下的將士們都殺紅了眼，誰也不想在這個時候輕易言退，狹路相逢勇者勝，一旦有一方主動退卻，勢必會對士氣造成影響，到時候兵敗如山倒，場面就可能無法收拾了。

這個混戰的結果，並不是關羽和張遼希望看到的，可是事情到了這個地步，兩個人也只能硬著頭皮上了，拼掉的是將士們的性命。

關羽一經和張遼分開，便被湧上來的華夏軍士兵給包圍了，青龍偃月刀起，任意收割著敵軍士兵的頭顱，血透戰甲，整個人成了一個血人。

他的勇猛，在一定程度上彌補了漢軍在兵甲上的不足，本來華夏軍以絕對的優勢壓倒一切，在他出現之後，漢軍將士感同身受，也勇氣倍增。

華夏軍的鋼劍鋒利，鋼甲堅固，對漢軍確實是不利的影響，但是漢軍紛紛開始攻擊華夏軍的下盤，一時間，華夏軍士兵斷腿的多不勝數，哀嚎聲更是響徹曠野。

張遼也是奮起殺敵，見漢軍在關羽的影響下逐漸開始反擊，便立刻叫道：

「結陣！」

一聲令下，華夏軍主動退卻，後撤二十米，空出一片空地來，騎兵散開兩翼，一千名持著鐵盾的士兵從後面湧了出來，擋在了第一線，一字排開，將鐵盾並排放著，組成了一堵鐵壁。

從前面退下來的步兵紛紛拿出隨身攜帶的連弩，朝著對面便是一陣猛射。

華夏軍的連弩是經過改良的，不再是以前那種每次射擊只射出一支弩箭的連

發連弩，而是一次射出去五支，在原理上，依然保持著弩箭自動裝填的功能。

弓箭手更是在後面排成一個小型方陣，仰天射箭，射出去的箭矢又遠又密，彌補了連弩的射程問題。

連弩以準、狠、快為特徵，但是射程較短，弓箭則以密、遠為特徵，散射進行面性打擊，兩種不同的遠端武器一經配合，立刻組成了極為密集的箭網，鋪天蓋地的朝著漢軍飛去。

一波箭矢射完，第二波箭矢又射了過去，緊接著是第三波……

漢軍面對這種情形，只能向後退，漸漸地遠離了華夏軍的射程範圍，第一次交鋒後，中間的空地上卻留下來許多具屍體，還有殘缺的斷肢。

「衝！」張遼見漢軍退卻，當即下令道。

騎兵從兩翼展開衝擊，中間的鐵盾陣突然打開，步兵從縫隙中衝了出去，直追漢軍，一邊追逐，箭矢一邊射著。

關羽見狀，心中暗暗地想道：「敵軍占有兵甲之利，只能將其引入狹窄地帶，然後聚集優勢兵力，一起圍殲。」

一想到這裡，關羽便讓霍峻、呂常各自率領兩千人先行退卻，吩咐一聲後，便將大軍分成了三股，他親自率軍斷後，讓盾牌兵聚集在最後面，以抵擋華夏軍密集的箭矢。

哪知，霍峻、呂常還沒有離去，漢軍的後軍便是一陣大亂，一員大將帶領著兩千華夏軍的騎兵從背後殺來。

關羽扭頭視之，正是華夏軍後將軍文聘，硬是殺得後軍哭爹喊娘的，一片混亂。

前面有張遼，後面有文聘，兩軍夾擊，饒是關羽在此，也無法阻止漢軍的恐懼，本來對漢軍就有恐懼感的漢軍，立馬慌亂了起來。

「別慌！穩住！穩住！」關羽見全軍混亂，急忙大聲喊道。

可是，場面從一開始就失控了，先是混戰，現在是混亂，士兵只顧逃命，不少人紛紛逃入東面的山林，或是逃到西面的淯水河岸，沿著河岸向後退卻。

張遼見狀，一陣大喜，心想：「單打獨鬥或許我不是對手，但是論到指揮兵馬，我絕不遜色於任何人！」

「全軍出擊！」張遼斷定關羽無路可退了，便大聲下令道。

與此同時，他還是策馬狂奔，見到擋路的漢軍士兵，便立刻予以格殺，一心想趁著這股氣勢，將關羽手刃。

可是，事情並沒有張遼想的那麼簡單，關羽自有他的個人魅力所在，在面對

即將敗陣的時候，突然一聲巨吼，聚集了霍峻、呂常以及身邊所有的騎兵一共一千多人，他親自帶領著，調轉馬頭，朝後面的文聘殺了過去。

「都給某閃開！」關羽大喝一聲，「不想死的就緊跟在我的後面！」

隨著他的一聲大喝，漢軍士兵紛紛敞開了一條縫隙，供關羽和他的親隨騎兵通行，等待那股騎兵過去之後，漢軍士兵也跟著騎兵後面，紛紛向後撲去。

文聘殺得正興起，忽然看見關羽威風凜凜地奔馳而來，剛抖擻了一下精神，不想關羽馬快，已經衝到了面前，寒光一閃，青龍偃月刀如虹一般劈下，直接落在了他的肩頭上。

他吃了一驚，舉著鋼槍便去抵擋，哪知道這一刀的力道十分之大，反將他的鋼槍壓得落在了肩膀上，鋒利的刀鋒在他的肩頭上一劃而過，他只覺得一陣撕心裂肺的疼痛，肩膀上便鮮血直流。

關羽的一記重擊被文聘用鋼槍當下，若尋常兵刃早已經斷裂，奈何文聘手中鋼槍的堅硬度超過了他的想像，青龍偃月刀再鋒利，也還是精鋼製成，與鋼槍碰撞之後，卻不能將其斬斷。

「破元擊！」

關羽見一刀沒有殺掉文聘，第二刀立即補了過來，揮刀橫劈，直取文聘的頭顱。

文聘心中膽寒，急忙來了個鐙裡藏身，躲過一劫，可惜卻無法阻擋關羽，被關羽從他身後殺出了一條血路。

後面緊隨的霍峻、呂常等人也是勇猛無匹，隨著關羽衝開了一條缺口，後面求生的漢軍更是如狼似虎的尾隨而來，不斷地將缺口擴大。

華夏軍抵擋不住關羽，只能任其歸去，伏在路邊掩殺。

張遼從後面掩殺過來，見文聘受傷，關羽逃走，急忙勒住馬匹，大聲問道：「仲業，你不礙事吧？」

「不礙事，皮肉傷，算不得什麼，漢軍潰敗，大將軍請速速追擊。」文聘捂著不斷流血的肩膀，朗聲道。

張遼點點頭，帶兵追擊關羽而去，一路掩殺十餘里，斬殺兩千多人，眼看就要追上關羽。

哪知道道路兩邊突然伏兵盡起，杜襲率軍而出，截住了張遼的去路，東西兩邊的董和、王甫也指揮士兵紛紛放出箭矢，密集的箭雨阻滯了張遼的前進，只能眼睜睜地看著關羽逃走。

張遼不得已，暫退兵馬，離開漢軍箭矢的射程，遙望前面漢軍漫山遍野，旌旗林立，足足有兩萬多人，而自己帶來的卻只有三千輕騎，後面的步兵還未趕到，一番思量之下，便徐徐而退。

因為怕漢軍追擊，所以張遼親率五百騎兵斷後，一點一點的向後退卻，見漢軍並不追擊之後，這才全線撤退，重新退回大營。

張遼剛退，諸葛亮便從樹林中冒了出來，看到張遼退兵時也是井井有條，不禁讚嘆道：「張文遠果然是智勇雙全，連退兵也是如此講究，不愧是華夏國的虎牙大將軍！」

杜襲策馬來到諸葛亮的身邊，問道：「監軍，不追嗎？」

「追之無益，且撤軍回去，**明日才是破敵之日，屆時讓華夏軍知道我的厲害！**」諸葛亮說完，便轉身離去，杜襲、王甫、董和則撤軍回營。

張遼回到營寨，統計了一下得失，此戰陣亡三千多人，受傷一千多人，殲敵則達五千多人。雖然在殲敵數量上占了優勢，可是張遼卻怎麼也高興不起來。

按照華夏軍兵甲的優勢，應該是以一當十才對，然而今天的混戰由於他仇恨心太重，以至於失去了合理的指揮。為此，文聘還險些喪命。

如今戰局不明朗，盧橫被俘，文聘受傷，就連張謙也受傷了，部下又傷亡許多，使得張遼很是自責。

最後，張遼親自寫了一封罪己狀，派人送往洛陽帝都，請求嚴懲。

他先去探望了一下張謙，見張謙無甚大礙，便又去探望文聘。

剛進入大帳，便見文聘正在披甲，他急忙問道：「仲業，你這是……」

「大將軍，我大軍還在對岸，必須回去，萬一被漢軍偷襲，那就得不償失了。今日隔河相望，見大將軍和關羽激戰，我便率領一支輕騎渡過淯水，從背後殺去，本以為能夠將關羽格殺，哪知道竟然被關羽逃脫……哎！」

文聘跟張遼在一起已經好幾年了，這幾年來，兩個人也算是親如兄弟，又豈能不知道張遼內心想殺掉關羽的心思?!

張遼點點頭，道：「也好，你回去之後，我們繼續互為犄角，漢軍今天也不算敗，我們也不算勝。明日你在營寨中養傷，在對岸與我相互呼應，我帶兵繞道去漢軍背後，襲取漢軍的屯糧之地，只要燒毀漢軍的糧草，他們就會退兵了。具體行動，待明日飛鴿傳書。」

「諾！」

張遼叫人攙扶文聘，用渡船將文聘等一千多騎渡到對岸，目送文聘過河後，他才回營，開始思量如何燒毀漢軍的糧草。

正思量間，有一名斥候來報，說杜襲帶領兵馬屯駐關羽大營，押運糧草的士兵不足兩千人，屯在漢軍背後二十里處的嘎子嶺。

張遼聽到這個消息，當真是喜出望外，今天見杜襲確實是帶兵截住了他的歸路，接應了關羽，於是聚集本部參謀，開始謀劃燒毀敵軍糧草的事情。

關羽兵敗，回到營寨中，不禁倍感羞愧，幾年不曾征戰，沒想到第一次親率大軍出征，就遭逢敗績，對他來說，這可是奇恥大辱。

關羽獨自一人待在大帳中，飲下一罈子酒後，本來就是紅臉的他，這下臉上更像是著了火一樣紅。

關羽捋著長鬚，深感懊惱，怎麼都想不通，今日為何會敗？而且他還折損了霍篤這員良將，以及五千多的士兵。

「大將軍，監軍在外面求見，說是有要事相商！」親兵在帳外叫道。

「不見！」關羽怒吼一聲。

吼聲落下，忽然隱約覺得有一絲不對，便再次喊道：「等等，讓他進來！」

不多時，諸葛亮從帳外走了進來，一進屋便聞到一股濃厚的酒氣，見關羽臉紅彤彤的，比平時還要紅，便知道關羽喝了很多酒。

諸葛亮先向關羽行禮，禮畢，道：「大將軍是在自暴自棄嗎？」

「某為何要自暴自棄？」

關羽雖然喝得有點微醉，但是頭腦很清醒。論酒量，他一點都不亞於張飛，只是張飛嗜酒如命，他只是偶爾小酌，今日兵敗受到了打擊，便想借酒消愁。

「大將軍不自暴自棄最好，在下有一計，可以挽回今日之敗，徹底給予華夏軍一次痛擊，讓華夏軍知道我軍也並非好惹的。」諸葛亮順勢說道。

關羽聽後，來了精神，如果真有策略能讓他一雪前恥，他自然不會拒絕。他抖擻了一下精神，道：「你且說說看。」

諸葛亮道：「此事極易，何況我已經做下了安排，相信明日張遼就會展開行動。只是，大將軍才是這次策略中的關鍵，還希望大將軍能夠按照我說的去做。」

「你是讓某聽你的話？」

「豈敢！不過是為了大將軍計議罷了，此次出征，太過草率，而且遷延時日，未能達到預期目的，反而使得張遼早有防備。但是在退兵前，也要給予華夏軍一次沉痛的打擊，否則的話，華夏軍就會認為我軍太好欺負了。」

關羽其實也有退步之意，只是未敢明言，因為這次出征，是從荊南調兵，遷

延了半個月之久，所以才使得華夏國有所防備，占據了地理的優勢。

他聽到諸葛亮的話後，問道：「你有何策略？」

「以**糧草誘敵，圍殲張遼**，縱使不能斬殺張遼，也能使得張遼損失慘重。」

「說得輕巧！張遼並非一般武夫，今日某與其交鋒，他指揮軍隊若定，儼然是一派大將風度，單打獨鬥他或許不如我，可是他借助華夏軍兵甲的便利，反而勝我許多。文武雙全，確實是一員良將。」

關羽雖然對張遼很討厭，但是今日交鋒之後，卻對張遼刮目相看，讓他重新燃起了鬥志。

自呂布被他殺死之後，關羽便是目空一切，除了張飛以外，其餘人全不放在眼裡。今日，他慶幸自己遇到了對手，讓他覺得人生還是有很大的樂趣，而華夏國五虎大將，他更是想逐一會會，讓他們知道，他關羽並非浪得虛名，而是實至名歸的美髯刀王。

「天下沒有十全十美的人，張遼文武雙全不假，但是他心中充滿了仇恨，此戰如果不是他被仇恨蒙蔽了雙眼，只怕大將軍會敗得更慘……」諸葛亮毫不顧忌地說道。

「你是在說，某不如張遼了？」關羽瞥了諸葛亮一眼，恨得咬牙切齒。

「在下可沒這麼說，只是華夏軍的武器裝備都是精鋼造就，我軍還處在鐵器時代，硬拼的話，肯定會輸，這是很正常的事，所以，對付張遼，只能智取，不能硬拼。張遼也算是聰明之人，**對付聰明之人，太聰明的辦法容易被識破，反而越是看似愚蠢的辦法越能奏效。**」諸葛亮解釋道。

關羽聽了，不禁覺得有些好笑，問道：「你憑什麼這麼認為？」

「就憑我的直覺！」

「直覺？你的直覺真的有那麼準？」關羽不屑地道：「如果真是這樣，為什麼你不早點來獻策？」

諸葛亮也不隱瞞關羽，心知以關羽的聰明，想瞞也瞞不住，便道：「大將軍心高氣傲，難免有點剛愎自用，即使我來獻策，大將軍也未必會採納，不如等大將軍吃了虧之後再來獻策，那時候，大將軍就會像現在一樣靜靜地坐在這裡聽我陳述了。」

關羽是何等人物，名冠天下的美髯刀王，又是漢國的大將軍，如此這般的被一個剛滿十五歲的少年數落，怎麼能夠不氣！可是，今天的關羽卻出奇的平靜，聽諸葛亮講完這番話後，非但沒有發火，反而陷入了深深的沉思之中。

「連一個十五歲的孩子都能看出我的缺陷，我這幾年，是不是真的如他說的

一樣剛愎自用？」關羽暗想道。

諸葛亮見關羽不回答，便自顧自的繼續說道：「大將軍昔日斬殺了天下無雙的呂布，從而揚名天下，成為現在的美髯刀王，如今面對的虎牙大將軍張遼，正是昔日呂布的舊部，張遼見到大將軍，又怎麼會不心生仇恨呢，這就是可以利用的地方，只要大將軍能夠激怒張遼，讓張遼失去理智，那麼張遼就不足為懼，而且還能成就大將軍的一番功業，給華夏國一次沉痛的打擊。」

關羽想了想，覺得諸葛亮說得很有道理，便道：「好，你有何策，儘管說出來，某姑且聽你一回。若真成功了，某就舉薦你為軍師將軍，以後跟隨在某的左右，替某出謀劃策。」

諸葛亮笑了，只是在他的內心裡，他要的遠遠不止這些，**與其給關羽當軍師，還不如給劉備當軍師，緊靠劉備，他就能觸碰到整個漢國的權柄，到時候一展他的才華。臥龍臥龍，也是該一飛衝天的時候了。**

隨後，諸葛亮便將自己的計策和盤托出，關羽聽後，連連點頭，不住地誇獎道：「此計甚妙。」

於是，關羽當即下令，全軍前軍十里，與糧草大營之間間隔又多了十里。對於關羽來說，**這是一步險棋**，用糧草來誘敵，這還是他從未做過的事情。

正所謂，三軍未動，糧草先行，古代行軍打仗，最最重要的東西，就是行軍所需要的糧草，一旦糧草的補給線被切斷了，即使你再神勇，再無敵，也只能活活的餓死。

關羽見諸葛亮自信滿滿，加上自己一時又沒有什麼對付張遼的辦法，所以才鋌而走險，一旦成功，他關羽的名字，將會被華夏國再一次銘記。

張遼派出斥候，密切地關注漢軍的動向，斥候來來回回，不斷彙報，在綜合了一連串斥候報告回來的消息，十分確定漢軍屯糧之地方圓二十里內沒有任何伏兵之後，這才下定決心，準備一把火燒毀漢軍的糧草。

由於盧橫被俘、文聘、張謙受傷，張遼手下沒有什麼堪用的將才，謀劃一番後，決定抽調淯水兩岸所有的騎兵，一共五千輕騎準備迂迴到漢軍背後予以偷襲，燒毀漢軍的屯糧之地。

第二天，張遼讓文聘、張謙謹守營寨，自己披掛上馬，騎著獅子驄，手持烈焰刀，帶著五千名輕騎兵浩浩蕩蕩的走了。

張遼先是策馬朝東狂奔二十里，然後開始折道向南，奔跑三十里後，再向西北方向前進，整個繞了一個大圈。從早至午，張遼一路奔跑了六十里地，這才插到了漢軍屯糧所在的嘎子嶺背後。

他登上高處憑空眺望，看到漢軍雖然只有兩千人，但是守衛極為森嚴，四周鹿角、拒馬環繞一圈，地面上還有被挖掘過的痕跡。這也讓他的疑慮徹底打消了，如果漢軍的防守較為鬆散，他就會放棄這次進攻。

他的小心謹慎，連跟隨他的幾員部將都佩服的五體投地，解除所有的疑慮之後，張遼便對部下道：

「漢軍挖了陷馬坑，又有鹿角、拒馬作為障礙，我準備聲東擊西，分出一支兩千人的騎兵從漢軍正前方進攻，作為吸引敵軍的疑兵，我則親率三千兵馬從背後殺出，一見到火起，你們便展開進攻，和我合力擊殺漢軍。」

「諾！」

吩咐完畢，兩千騎兵在一名校尉的帶領下，迅速地朝著漢軍營地而去，張遼則帶著三千騎兵迂迴到背後。

漢軍將士果然中計，營寨內的守兵全部到了正門。於是，張遼等人悄悄地摸到營寨邊，移開拒馬、鹿角，又先在陷馬坑上做下標記，這才展開進攻，從漢軍營寨背後殺入。

華夏軍一經入營，便立刻焚燒糧草，火勢驟起，向四周蔓延，漢軍士兵見狀，慌忙來救，而前面的華夏軍兩千騎兵也開始發動攻擊，兩邊夾擊，一番圍攻之後，漢軍抵擋不住，只得大敗而逃。

張遼急忙聚集所有兵力，布置在正前方，背後火光沖天，可是卻不見一名漢軍前來救援，不禁心中一驚，急忙從火勢中搶出一袋糧食來，打開一看，但見米粒中混著沙土，而邊緣一些糧食則是裝著易燃的稻草。

「不好！中計了！快跟我回營！漢軍調虎離山，必然是舉兵攻擊我的大營了，快跟我回去！」張遼怒道，急忙帶著五千騎兵往回跑。

張遼率軍沿著官道往回趕，此時眾人都奔馳了一個上午，人困馬乏，又累又餓，行不到五里地，忽然聽見一通梆子響，道路兩邊，箭矢如雨，張遼所部毫無防禦，立刻死傷過千。

隨後，漢軍伏兵盡出，關羽率領騎兵擋住去路，左邊霍峻、右邊呂常、後面王甫、董和截斷歸路，漫山遍野的都是人，將張遼所部牢牢地包圍住。

張遼大吃一驚，本以為漢軍去襲擊自己的營寨了，沒想到會在這裡埋伏。一時失策，見敵圍甚重，不禁佩服起關羽的智謀來。

兩軍對峙，箭拔弩張，只待一聲令下，成千上萬支羽箭便會鋪天蓋地的射來。

關羽策馬而出，向前走了幾步，舉起青龍偃月刀，對張遼一聲喊道：

「張文遠！某敬重你是條漢子，可敢與某一較高下？你若同意，你部下這些兵馬，某便放他們歸去！」

張遼環視一圈，但見敵軍層層包圍，只怕一時間難以突圍而出，而自己背後的將士也是個個顯出疲勞之色，便毫不猶豫地答道：「有何不敢！」

關羽抬起左手，一捋長鬚，臥蠶眉輕輕上挑，張開丹鳳眼，哈哈笑了兩聲，道：「痛快！給張將軍讓開一條路！」

「大將軍，關羽驍勇無敵，不可輕去，我等願意誓死保護大將軍突圍！」張遼部下將領急忙出來制止道。

昨日一戰，張遼的部下都是親眼所見，關羽一展開反擊，張遼便被逼得毫無還手之力，誰高誰低，一眼便可以看出來，若是再久戰下去，張遼必然會被關羽所殺。

部下諸將擔心張遼，不願意讓張遼輕易送命，雖然人困馬乏，但是這些人都已經做好了必死的決心，是以都心照不宣。

「以我張遼一人性命，換取你們四千將士的性命，值得！休要多言！」言畢，策馬而出，提著烈焰刀便朝著關羽一刀劈了過去。

「噹！」

關羽隨意的便擋下了張遼的這一刀，冷笑一聲，環視周圍道：「這裡地方狹小，施展不開，且隨我來！」

話音未落，人已經騎著赤兔馬絕塵而去。

張遼緊隨其後，原本敞開的一條路，頓時又被漢軍重新堵住了，張遼所部的四千騎兵一個都沒有出來。

土山上，漢軍的大旗下面，諸葛亮看到關羽單獨將張遼引走，眉頭稍微皺了一下，但隨即又鬆開了，點點頭，自言自語地說道：「原來如此。」

餘下的四千華夏軍騎兵，見漢軍不但不撤圍，反而包圍的更緊，就知道漢軍是在耍詐，一個領頭的校尉當即叫道：「汝等奈何不守信用？」

諸葛亮笑道：「**兵不厭詐**，張遼輕信之，也怪不得別人，此地就是你們的葬身之地。」

言畢，諸葛亮身邊的一個旗手猛地揮動了一下大旗，漢軍萬箭齊發，左邊專射華夏軍的馬匹，右邊專射華夏軍的騎兵，一波波箭矢射出之後，華夏軍四千騎兵只剩下區區兩三百人。

諸葛亮看後，讓手下大旗一揮，只見所有漢軍盡數撤圍，剩餘的三百多騎飛

一般地急速奔馳而出。

諸葛亮看後，臉上一陣陰笑，轉身對身後人說道：「火速通知杜襲，讓其按計劃行事！」

「諾！」

關羽引走張遼，且戰且退，兩人座下都是千里馬，速度極快，不一會，不知不覺中便奔馳了十數里。

到得一片小樹林，關羽勒住馬匹，調轉馬頭，橫刀立馬，見張遼從後面跟來，笑道：「今日只有你和某，是生是死，全憑本事，你且放馬過來，某定要和你分出個勝負。不過，某也不占你便宜，你奔馳了一上午，不吃不喝，人困馬乏，那邊樹上掛著酒肉，你且吃飽喝足，休息後，我們再來比過。」

張遼聽後，隱隱覺得不對，看著關羽翻身下馬，坐在樹邊休息，並且解下拴在馬鞍上的酒囊兀自飲酒，便道：「你是故意引我到此的？」

「算是吧，在此地較量，至少不會再次引起混戰，生死有命，全憑自己的真功夫。」

張遼見關羽回答的極為爽快，想了想，也翻身下馬，徑直去那邊一棵樹下，解下樹幹上的包袱，裡面確實放著烤好的肉，以及一個酒囊。張遼當下便大吃大喝一番，待酒足飯飽之後，便坐在樹下稍歇。

良久，二人無話。

第二章

人生五味

高麒接過信，但見上面寫道：「酸、甜、苦、辣、鹹乃人生五味，今日一別，鄙人無甚相贈，只能以五味書屋贈與殿下，希望殿下能夠潛心修習，體味人生五味。」

高麒笑了起來，對衙役說道：「請帶我去五味書屋！」

忽然，張遼站起，拿起烈焰刀，重新翻身上馬，衝對面的關羽喝道：「關雲長，我休息好了，開打！」

關羽點點頭，拎著青龍偃月刀便上了赤兔馬，抖擻精神道：「張文遠，呂布之死，並非是我以武力取勝，而是他自己心甘情願的想死在我的刀下。」

張遼聽後，不禁一怔，怒道：「你胡說，奉先公怎麼可能會心甘情願的死在你的刀下？」

「信不信由你，當時的情況確實是這樣的。我以『萬軍煞』凌空劈下，本來呂布有機會抵擋，可是在那一剎那，他舉起的方天畫戟突然鬆動了一分，只那麼一分，卻足以要了他的性命。**在外人的眼裡，是我斬殺了呂布，可是只有我知道，那是呂布自己在求死**，他死的時候，嘴角上還掛著笑容。我想，他大概是想得到一種解脫吧……」

「奉先公……」

不知道為何，張遼雙眼中飽含著熱淚，淚水奪眶而出，順著臉頰便流淌了下來。

他跟隨呂布很久，自然對呂布的個性十分瞭解，寧願戰死，也絕對不會苟活。何況那個時候，天下諸侯共同討伐呂布，他已經是天下的公敵，在那種場合之下，他定然會選擇了卻此生。

張遼的眼前，彷彿出現了一幅畫面，呂布身處萬軍之中，周圍猛將如雲，關羽一刀劈下，呂布帶著笑容，面對著死亡……

關羽見張遼陷入沉思，便策馬走到一棵樹後，伸手取下一件兵器，舉在自己的手中。

「張文遠，你可還認得此物嗎？」

關羽重新走到張遼的面前，將青龍偃月刀插在地上，高高地舉起剛剛拿過來的兵器，衝張遼喊道。

張遼被關羽的話帶回了現實，定睛看去，但見關羽手中舉著方天畫戟，不禁一怔：「方天畫戟？那是奉先公的武器，你從何而來？」

「呂布死後，我便將方天畫戟帶走了，連同他座下的赤兔馬。現在，我將方天畫戟還給你，但是赤兔馬是我的了。」

關羽說話中不再用「某」，而是用我，可見他已經將張遼當成了朋友。

言畢，關羽猛地將方天畫戟投擲過去。

張遼烈焰刀舉起，接下方天畫戟，在空中旋轉許久後，卸去那股力道，這才伸手接住，仔細地看了看，但見方天畫戟的戟頭上刻著「天下無雙」四個小字，

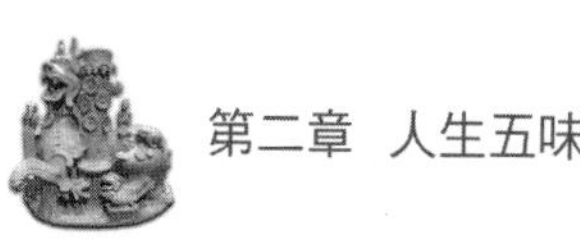

戟頭還是一如既往的鋒利，寒光閃閃的，可見這是有人在刻意的保養這件兵器。

他拿在手裡，腦海中浮現出呂布當年的英姿，不禁對方天畫戟也是一陣感嘆。

「此乃呂布遺物，你是呂布舊部，這件兵器理應由你所有。另外，在方天畫戟的柄端，有一處暗格，上面記載了呂布生前的畢生所學，你且一併拿去，學習之後，我們再來打過，我昔日沒有能夠和呂布堂堂正正的一戰，希望以後能夠再與呂布的傳人一戰，看看究竟是他的方天畫戟厲害，還是我的青龍偃月刀厲害。」

張遼聽了關羽這段話，冷笑一聲，問道：「你引我到此，就是為了歸還我奉先公的遺物？」

「不錯！不過，還有另外一番用意。以你現在的刀法，確實和我有些差距，我希望你能取代呂布，作為一個武者，我相信你能明白我的意思。」

張遼道：「看來，你壓根就沒想跟我打，只不過是在拖延我而已。」

「隨你怎麼說，不過你要是想打的話，我也奉陪。」

張遼將方天畫戟朝地上一插，大喝一聲，拍馬舞刀，朝著關羽便衝了出去。

關羽早有所料，也立刻飛馬而出，和張遼纏鬥在一起。

兩員大將鬥至正酣，雙刀你來我往，不一會兒功夫，三十回合便已經過去了。只是，兩個人誰也沒有留意，在一棵高大的樹上，一個只有五歲大的頑童趴在樹幹上目睹著樹下的一切。

將近四十餘回合，關羽大聲喝道：「張遼，此乃萬軍煞，你看清楚了，呂布就是死在我的這招之下，你若能破之，關羽從此以後封刀歸隱。」

言畢，只見關羽一招「**萬軍煞**」破體而出，青龍偃月刀彷彿是從地獄中被釋放而出，又彷彿是九天十地的神魔皆橫空出世，無盡的寒光，千萬個孤魂齊來索命！

張遼見狀，目瞪口呆，這凝聚天地力量的一招勢不可擋，眼見青龍偃月刀便要落在自己頭上，他竟然想不出任何破解之法。

「能和奉先公死在同一招之下，也算我張遼的造化，奉先公，我來陪你了。皇上，文遠再也不能替你完成心中夢想了。」

張遼輕輕地閉上了眼睛，一副引頸就戮的姿態，不是他不去抵擋，因為即使他去抵擋，也一樣是死，這招「萬軍煞」，他根本無法破解。

「砰！」

一聲巨響，青龍偃月刀的刀氣從張遼的臉頰上掠過，寒光一閃，張遼戴的頭盔的盔纓便飛入了空中。

忽然，張遼的耳邊響起了一聲赤兔馬的長嘶，他驚奇地發現，自己並沒有身首異處，睜開眼睛，但見關羽攏起韁繩，橫刀立馬遙望著自己，長髯隨風舞動，人如天神，馬若蛟龍，鳳目怒張，傲然喝道：

「張遼，你是一員良將，我很期待與你經年後再一次大戰。昔日你們的皇帝曾經放我一條生路，有恩於我，關羽知恩圖報，今日也暫且放你一馬。你回去後，請轉達你的皇帝，就說關羽與他再無任何瓜葛。」

言畢，關羽仰天大笑，傲視蒼穹，調轉馬頭，策馬而去，天上浮雲流動，北風又起，要變天了。

張遼見關羽絕塵而去，抬頭看看天空，竟然已經是未時了，沒想到這短短的功夫，竟然用去了兩個時辰。

他翻身下馬，拔起插在地上的方天畫戟，按照關羽所說，果然得到一張方天畫戟的戟法演練圖，戟法的名字，就叫「天下無雙」。

他匆匆看了一眼，不禁感嘆道：「奉先公戟法巧妙，天下無雙，只是死者已矣，奉先公的時代過去了，我雖然輸給了關羽，但是並不感覺到羞愧，是我刀法不如他，技不如人而已，再說奉先公的戟法太過繁瑣，只怕天下無人可練。」

一想到這裡，張遼凝思片刻，最終做出決定，他要將方天畫戟就地埋藏於地下，讓這方天畫戟跟隨呂布而去。

說做便做，他在地上刨了個深坑，將方天畫戟埋在裡面，取出三根稻草，插在那裡，然後向著方天畫戟便是一陣跪拜。

「奉先公，方天畫戟是你生前遺物，今日能夠找回，也是一種慶幸。張遼斗膽，將方天畫戟埋藏於此，讓它隨你同去，你泉下有知，希望不要怪罪文遠，以至於使得你生前絕技失傳。」

說完，張遼再拜，顯得很是誠懇。

「若蒼天有眼，千百年後，方天畫戟被有緣人拾得，也不枉奉先公在天有靈了。」

張遼又拜，之後起身，提起烈焰刀，騎上獅子驄，揚長而去。

張遼走後，趴在大樹上的五歲小童便從樹上下來，一臉的欣喜，拿出張遼所埋的方天畫戟，一經入手，便覺得方天畫戟沉重無比。

虧得他天生神力，一發蠻力，竟將方天畫戟舉了起來，胡亂舞動了幾下，確實覺得方天畫戟是一把極為趁手的兵器。

小童哈哈大笑了幾聲，隨即在柄端的暗格掏出方天畫戟的演練圖，這一看不打緊，他竟然被深深地吸引住了。從頭看到尾，不覺天色已黑，便生起篝火，繼續流覽，竟然看得如癡如醉。

當他將那命名為「天下無雙」的戟法從頭到尾看完之後，內心便是一陣澎湃，自言自語地說道：「這套戟法，堪稱世間最絕妙的東西，祝公道、祝公平那兩個老小子也不見得能夠演練出來，呂布呂布，不愧是天下第一的武將。今日上天眷顧，讓我得到他的兵器和戟法，不久以後，我就是天下無雙了，五虎大將軍算什麼，關羽又算什麼，我才是天下第一！」

正在小童洋洋得意之際，樹林中突然一陣異動，一雙明亮的招子在夜間甚是駭人，一頭露著白森森獠牙的灰狼正凶狠地盯著小童。

小童看後，非但不害怕，反而獰笑一聲，抓起方天畫戟，便朝那頭灰狼投擲過去，方天畫戟如飛一般，一道寒光滑過，便將那頭灰狼擊中，灰狼痛苦的呻吟了幾聲，便一命嗚呼了。

「孽畜，就憑你也敢來欺負我高麟嗎？」

小童痛罵一聲，走到那頭野狼面前，抬起腳便踩在狼頭上，將方天畫戟拔出，用帶血的戟頭在狼身上擦拭了一番。

篝火周邊，其餘的野狼見狀，都不敢妄動，幽森的眼睛緊緊地盯著高麟，不敢再靠近，慢慢地向後退去。

高麟將方天畫戟扛在肩膀上，將「天下無雙」的戟法圖貼身收藏，想起自己還有一件大事要做，便竄進夜色當中，消失的無影無蹤，隨後，樹林中響起了那堪比鬼哭狼嚎般的歌聲：

「大河向東流啊，天上的星星參北斗啊……」

歌聲驚動了叢林中的鳥獸，鳥飛、獸奔，見到高麟都躲避不已，走得越遠越好，生怕被那極其難聽的歌聲折磨死。

張遼騎著獅子驄，抄近路回到了大營，剛到大營，眼前的一切讓他不由得惱羞成怒，大營竟然成為一片廢墟，營地上還冒著餘火，士卒更是受傷的受傷的，陣亡的陣亡。

不光東岸如此，就連西岸的文聘營寨也是如此。

張謙裹著繃帶，看見張遼回來了，急忙過去道：「大將軍！一定要給死去的兄弟報仇啊……」

張遼問道：「發生了什麼事？」

張謙將事情的經過說了一遍，原來，諸葛亮故意放回那三百多騎兵，那三百多騎兵前來搬救兵，張謙、文聘兩座大營幾乎是傾巢而出，結果剛走一段路，兩座大營便被杜襲率軍分別攻破，放火燒了營寨。於是，文聘、張謙帶領部下急忙返回，哪知道半路又遇到漢軍的伏擊，兩支軍隊盡皆損失慘重。

漢軍得勝之後，沒有乘勝追擊，反而急速退卻，讓文聘和張謙一陣懊惱。

這邊張謙剛剛彙報完畢，那邊斥候又來報，說虎烈大將軍黃忠帶領兵馬從汝南來助張遼一臂之力，但是軍未到，漢軍就退了，張遼這才知道為什麼漢軍會這麼快退去，但是盧橫還在敵軍手中，他也是犯難。

於是，他派人去通知黃忠，讓黃忠帶兵去追漢軍，救回盧橫，自己留在這裡收拾殘局，並且擬寫罪狀，讓人送往洛陽帝都，請求裁決。

三萬大軍，如今剩下的還不到一萬，華夏軍第一次遇到這樣的大敗，張遼自然難辭其咎。

天色微明，育陽縣城的地牢裡，幾個獄卒正在看管著被漢軍俘虜的華夏國衛尉盧橫，幽暗發黴的牢房裡，盧橫被捆綁了手腳，嘴裡被塞著東西，以防止他咬舌自盡。

兩天兩夜了，盧橫就這樣被捆綁著，已經是餓得前胸貼後背了，身體很是虛弱。

牢房外面，幾個獄卒看了一眼盧橫，都露出了難色。

「伍長，這樣下去，他會不會餓死啊，監軍讓我們看管好他，他要是被餓死了，我們可是責無旁貸啊。」一個獄卒看著幾乎是奄奄一息的盧橫，擔心地說道。

被喚作伍長的人搖搖頭道：「每次給他送飯，他都不吃，而且一幫他鬆口，他就要咬舌自盡，能有什麼辦法？反正監軍也快回來了，到時候放了他就是了，只要他不是被我們弄死的就沒事。」

「可是……」

「可是什麼啊，你敢保證你把他嘴裡塞著的東西拿開，他就不會咬舌自盡嗎？」

獄卒們也都嘆了一口氣，轉身各自忙各自的去了。

忽然，牢房的門被打開，一個五歲的小童出現在牢房裡，犀利的目光快速地掃視了一下牢房，見盧橫蜷縮在一個角落裡時，臉上怒意大增。

「哪裡來的小娃娃，怎麼跑到這裡來了？去去去，這裡不是你待的地方，快滾出去！」伍長看見一個五歲的孩子出現在自己的視線中，不耐煩地催趕道。

五歲的孩子不是別人，**正是高麟**。

只見寒光一閃，高麟的手中便多了一件鋒利無比的短刀，二話不說，縱身跳起，等他落地之時，牢房內五名獄卒的脖頸上都出現了一道血紅的痕跡，一劍封喉，五人立時斃命。

高麟雖然是第一次殺人，可是卻沒有感到一絲一毫的害怕，當真是一個異類。

盧橫本來閉目養神，聽到外面一陣慘叫，便睜開眼睛，卻看見牢房的大門已經打開了，高麟意外的出現在他的面前，便「唔唔唔」的吱唔了幾聲。

高麟用短刀挑斷盧橫身上的繩索，取下盧橫嘴裡的東西，笑嘻嘻地說道：「盧大人，讓你受罪了，高麟救護來遲，還請多擔待啊。」

盧橫虛弱地說道：「二殿下，你怎麼會出現在這裡？」

高麟道：「我聽說你被俘了，便急忙趕來救你，我讓一個騎兵將我送到城外的樹林裡，然後連夜趕過來的，盧大人，我們這就回去。」

盧橫點點頭，剛站起身子來，便又摔倒在地。

「盧大人，你怎麼了？」高麟關切地問道。

「沒事，這兩天被捆得手腳發麻，突然站起來，難免有點不適應。」

高麟見盧橫面色蒼白，嘴脣乾裂，便道：「盧大人，你還能走嗎？走不動的話，我背你！」

「你背我？開什麼玩笑？我……」

不等盧横把話說完，高麟手臂一伸，便抱住盧横的雙腿，神力一發，竟然真的將盧横給抱了起來，一個勁地往牢房門外跑。

「殿下，放我下來，放我下來！」

盧横吃了一驚，都說高麟天生神力，他一直以為一個五歲大的孩子能有什麼神力，沒想到今天他算是見識了，這哪裡是個孩子啊，簡直是大羅神仙轉世啊。

高麟哪裡肯聽，抱著盧横便出了牢房，誰知道，「砰」的一聲響，盧横的頭撞上了門框。

盧横登時覺得頭痛欲裂，眼冒金星。

高麟急忙將盧横放了下來，一臉愧疚地說道：「盧大人，你沒事吧？」

「沒事沒事，這點小傷算什麼？我當年馳騁疆場的時候……」盧横疼得齜牙咧嘴，強打著精神說道。

這兩天他雖然被捆綁著，但沒有受到什麼皮肉之苦，可是這小祖宗一來，自己就掛彩了，頭上腫起了一個大包。

高麟又不傻，看見盧横那副模樣，一臉愧疚地說道：「盧大人，是我不好，

你打我吧，我……」

不等高麟把話說完，盧橫目瞪口呆地看著牢房外的一切，問道：「殿下，這些人……這些人都是你殺的？」

牢房外面，守衛橫七豎八的躺在地上，一動不動，卻沒有什麼致命傷，一時間盧橫不由得浮想聯翩，這些人怎麼都躺在地上了。

高麟笑道：「盧大人，你也太看得起我了，這些人只是都中了迷魂散罷了。」

「迷魂散？那是什麼東西？」盧橫狐疑地問道。

「宮廷秘藥，神醫張仲景煉製的，凡是聞到迷魂散的人，都會變得四肢無力，昏昏入睡，要睡上一兩個時辰呢。你被重重包圍，要不是我隨身帶著有迷魂散，只怕還真沒辦法把你給救出來呢。」高麟笑著說道。

「殿下，那你還有沒有？我要去救我的部下，還有一千五百多人被俘虜，他們都被關在城東的軍營裡，必須把他們救出來才行。」

「沒……沒有，這是我從張仲景那裡偷來的，那個老頭把它視為寶貝，我找他要，他不給我，後來我就尋機偷了一點，這玩意兒珍貴著呢，只那麼一小點，便能讓一頭生猛的老虎睡得跟死豬一樣。剛才為了救你，我把迷魂散全部用上了，這才大搖大擺的走了進來。」

盧橫聽後，不禁皺起了眉頭，看守俘虜的人少說也有上千人，他們就兩個人，這該如何是好。

正在盧橫犯難的時候，忽然聽到一陣喊殺聲，急促的馬蹄聲在城中響起，他心中一驚，急忙將高麟給拉到一邊，走到牢獄的大門口，透過門縫往外面看去。

但見一員虎將騎著一匹青栗色的獅子驄，年紀雖然在五十歲左右，但是身體硬朗，看上去容光煥發，手中拿著九鳳朝陽刀，外披鋼甲，內襯鎖子甲，頭戴獅蠻盔，顯得威風凜凜，身後五百甲騎緊緊相隨。

「是黃老將軍！」盧橫臉上一喜，當即失聲叫了出來。

高麟聽後，問道：「哪個黃老將軍？」

「虎烈大將軍啊……」

盧橫當即打開大門，跌跌撞撞地走了出來，一臉喜悅地拱手說道：「黃老將軍！多謝前來搭救！」

黃忠翻身下馬，將手中九鳳朝陽刀拋給手下人，自己徑直朝盧橫走了過去，一把攙扶住盧橫，豪邁地說道：「黃某姍姍來遲，讓盧大人受苦了。只是，黃某今年不過才五十一歲，廉頗七十尚且不服老，何況黃某？盧大人，之後再也別叫我老將軍了。」

盧橫點點頭，急忙說道：「大將軍，城中還有一千五百名俘虜，就在兵營，請黃將軍速速去救之。」

黃忠呵呵笑了笑，捋了一下花白的鬍鬚，說道：「盧大人，那些人已經被救出來了，不勞盧大人費心了。只是，說也奇怪，一千五百人全部被綁住，可軍營裡卻空無一人，就連偌大的縣城也空無一人，漢軍為何會這樣做？」

盧橫當即便把諸葛亮和其中經過說了出來，黃忠聽後，狐疑地問道：「諸葛亮是誰？居然有如此大的口氣？」

盧橫搖搖頭，表示也不知道。

「我知道！」高麟突然叫了出來。

黃忠、盧橫將視線移到高麟的身上，黃忠打量了一下高麟，見高麟眉宇間有一股戾氣，五歲大的小孩，居然會有如此氣勢，當真是少見，不禁驚奇地問道：

「這位是？」

盧橫急忙說道：「這位是二……」

「虎烈大將軍，我叫公輸斐。」高麟抱拳說道。

「公輸斐？」

黃忠見盧橫對高麟畢恭畢敬的，又聽到叫公輸斐，聯想起高飛曾經的公輸夫人，再仔細看高麟的長相，那眼睛、鼻子、臉膛，都和乃父極為神似，便明白了高麟的身分。

只是，黃忠沒有當面拆穿，高麟既然不願意說，自然有他的道理。

他也聽過一些傳聞，說是二皇子少年老成，天生神力，今日一見，但見高麟眼神犀利，精神抖擻，臉上完全找不出孩子應有的稚嫩，暗自想道：**這樣的人，以後必然會成為一代名將**。

黃忠朝著高麟抱拳道：「原來是公輸公子，久仰久仰。」

「久仰？你聽過我的名字？」高麟狐疑地道。

黃忠只是說客套話罷了，哪知道高麟會那麼認真，臉上不禁一陣尷尬。

「公輸公子，大將軍只是隨口說說。」

「哦。」高麟笑嘻嘻地笑了笑。

之後，黃忠便占領了育陽城，被迷魂的守兵醒過來之後，也被全部放了回去，算是感謝諸葛亮放了那一千五百名的騎兵。

當黃忠得知是高麟把盧橫救下來的，對高麟不禁更是刮目相看了。

高麟則自行出城，去把自己埋在城外的方天畫戟拿了回來。

黃忠看到之後，不禁大吃一驚，急忙問道：「公輸公子，你這兵器從何而來？」

「額……這個麼……是個秘密……」高麟故弄玄虛地說道。

黃忠見高麟不回答，也不去追問，只覺得很是好奇，這呂布的方天畫戟怎麼到了高麟的手中。

一日後，張遼、文聘、張謙都抵達了育陽城，和黃忠、盧橫齊聚一堂。眾人兩下相見，各自敘述衷腸。隨後，黃忠帶兵回汝南，張遼留下，率部駐守育陽，等待朝廷聖旨。盧橫留下高麟，獨自帶著親隨回洛陽覆命。

三日後，朝廷聖旨下達，命文聘留守育陽，張遼回宛城，並且連降三級，但是依然總督宛城軍事，算是小懲大誡，以堵住悠悠眾口。

這日，傳達聖旨的斥候剛剛離開，張遼便見高麟在舞弄著方天畫戟，只是年紀太小，個頭太小，那方天畫戟又長又重，耍起來倒像是猴子耍棍。

對於方天畫戟的來歷，張遼從未過問過，因為那天在與關羽決鬥之後，他便察覺到樹上有人，用眼睛的餘光看見樹上的人是高麟，這才裝模作樣的將方天畫戟埋在那裡。

對他來說，方天畫戟的戟法和他的刀法背道而馳，不適合修煉，所以決定留給高麟。

今日，他看見高麟正在演練方天畫戟，遠遠看去，便笑了起來，暗想道：「這二殿下還真是聰明，竟然把方天畫戟用朱漆漆成一通紅色，生怕我認出來是奉先公的遺物。」

幾天前，高麟將方天畫戟扛回來後，黃忠一眼便認出了那方天畫戟是呂布的遺物，高麟生怕張遼認出來，所以便用朱漆漆了一遍，直到今天朱漆乾了，才拿出來。

在張遼注意高麟的同時，高麟也注意到了張遼，看到張遼並沒有對方天畫戟起什麼疑心，便安心地演練起方天畫戟。

張遼緩緩地向高麟走了過去，問道：「公輸公子，你這是幹什麼呢？」

「練戟法！」高麟道。

張遼取笑道：「練戟法？你這也叫練戟法嗎？我怎麼看都像是猴子在玩弄棍棒。」

高麟愣了一下，問道：「那應該怎麼樣才不算是猴子耍棍？」

「把方天畫戟給我，我演練給你看看。」張遼伸出手，攤在高麟的面前。

高麟皺了一下眉頭，有些猶豫不決，似乎擔心方天畫戟一入張遼的手，便會

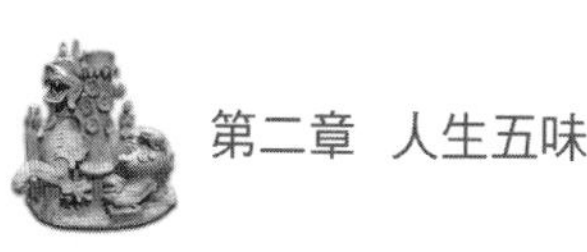

被認出來一樣。

張遼看出高麟心中的擔憂，便道：「這全天下的方天畫戟都是一個樣的，我早年練過一招半式，如果你信得過我，就讓我演練給你看，保準你看了以後，就會知道這方天畫戟是如何練習的了。」

高麟這才放心下來，將手中的方天畫戟遞給張遼。

張遼接過方天畫戟，隨意的揮舞了幾下，道：「公輸公子天生神力，沒想到這麼重的方天畫戟，竟然能夠被公輸公子拿起來。公輸公子，你且看好。」

言畢，張遼便開始演練方天畫戟，一經出手，便非同凡響，戟法被他舞弄的虎虎生威，大開大闔中卻防守嚴密。

三招過後，高麟都看傻眼了，因為這三招，正是「**天下無雙**」戟法的前三招，雖然說是起手式，可是每一招都十分的繁複，而且跟正常的戟法背道而馳。

張遼演練完戟法，停了下來，說道：「這三招，是我昔日跟隨天下無雙的晉侯所學，只這三招，便足足學了一個月。晉侯的戟法變化多端，看似招式平平無奇，實則內藏玄機，每一招都足以致命，所以此路戟法一旦施展開來，就如同狂風掃落葉一般。只是，招式是虛的，體內的真氣才是實的。此路戟法，需要運行體內真氣，然後以真氣催動招式，則更能讓這路戟法剛猛異常，也能發揮出此戟法的最大威力來。」

「你是說先練氣，再練招式？」

高麟不愧是武學奇才，一點就通。只是，也許是出於擔心，所以高飛一直沒有讓祝公道和祝公平教授高麟練氣之道，劍法也只是學了祝公道、祝公平平生最厲害的招式而已，一旦真的和人比試起來，只怕很容易喪命。

張遼見高麟是可造之才，有心讓高麟學習呂布的戟法，徐徐說道：

「**天下武學，共分九品，最上乘者為一品，這戟法，便是最最上乘的戟法，是一品中的一品**。漢末天下紛爭，晉侯單憑自身武力便能傲笑群雄，引得群雄討伐，可謂是真正的天下無雙。只可惜，我只會這三招，無法教授給你更多。但是只要你練氣練得深厚，再練這戟法就不難了。所以，先練氣，之後再練兵器上的功夫，對你或許有莫大的幫助。再說你現在還小，個頭還不夠高，臂力也不夠強，所以舞動起來看上去像隻猴子。」

高麟聽完張遼的話後，像是開竅了一樣，立刻說道：「我懂了，只是，如何練氣呢？我沒有學過。」

張遼聽後，感到一陣詫異，他知道高麟師承祝公道、祝公平兩人，沒想到這

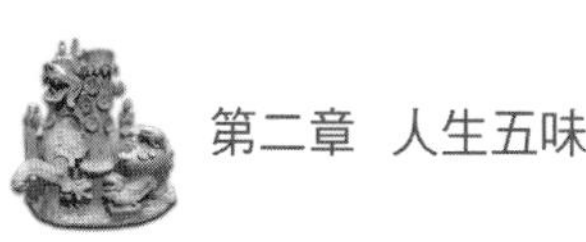

兩人卻沒有教授高麟練氣之道。

他笑笑道：「我見公子天資聰敏，就算從現在練氣，也很快便能趕超前人，來，我教公子練氣之道，三年之後，公子再行練習兵器，必然能夠事半功倍。」

高麟於是認真的跟著張遼學習練氣之道。他本就聰穎，一點就通，學起來十分的快，所以基本上沒有遇到什麼困難，缺少的只是名師的指點。除此，張遼還親自教授他騎術，讓高麟倍感受用。

從此之後，高麟便虛心向張遼請教，張遼將高麟帶回宛城，從體能上來鍛煉高麟。

洛陽，皇宮大殿內，樞密院行政辦公室。

賈詡、荀攸、郭嘉、蓋勳四個太尉，接到了盧橫的奏表後，不禁覺得有些詫異，沒想到剛剛五歲的高麟便將盧橫救了出來。而且，從盧橫的訊息中，還知道了另外一個人的名字，那就是諸葛亮。

四位太尉大人不敢有所隱瞞，全部如實上奏給高飛。高飛聽後，一陣詫異。

他詫異的不是自己的兒子，而是諸葛亮。

「諸葛孔明，我讓司馬懿在琅琊府一帶一直在找你，沒想到你已經在大耳賊那裡了，居然……居然還給我下戰書？」高飛詫異地說道。

司馬懿如今深受高飛的信賴，原因是第一次科舉，他將司馬懿的名字給抹掉了，後來帶著司馬懿去遊歷了一圈後，讓司馬懿見到了什麼是戰爭，對司馬懿以後的影響很大。

後來，司馬懿再次參加科舉考試，這次他依然以傲人的才華奪取了文科狀元。高飛沒有再將他的名字抹掉，而是**將司馬懿外派到徐州的琅琊府去擔任知府，順便讓他走訪各地，遍訪人才**。

司馬懿曾經舉薦過一個叫鄧翔的人，結果在武科考試中取得了第一名的好成績，高飛認為司馬懿有識人之能，便暗中交給司馬懿一個任務，那就是找一個叫諸葛亮的人。

兩年來，司馬懿幾乎走遍了琅琊府，但是均無所獲，高飛繼續讓司馬懿找，後來卻再也沒有接到司馬懿關於諸葛亮的消息，沒想到諸葛亮竟然已經跟隨劉備了，讓他不由得一陣懊惱。

「給卞喜傳令，讓他秘密潛伏到荊州，尋找一個叫龐統的人，務必將此人給我帶回來。」

高飛痛失諸葛亮，又想起了龐統，心想諸葛亮投了劉備，龐統未必，便下達了密令。

本來高飛對張遼的損兵折將甚是痛斥，可是當他知道諸葛亮是關羽的監軍時，那麼一切問題就迎刃而解了。

當密使走了之後，高飛親筆寫了一封信，然後派特使快馬加鞭趕往徐州琅琊府，讓特使將書信送給司馬懿。

「既然諸葛亮已經出山了，那麼司馬懿也應該登上歷史的舞臺了。」

賈詡、荀攸、郭嘉、蓋勳不知道高飛為何那麼執迷於司馬懿，他們看到司馬懿除了文采之外，什麼長處都沒有，因為司馬懿連一場仗都沒有打過。

蓋勳聽後，首先抱拳道：「皇上，司馬懿還太年輕，雖然這兩年治理地方有方，琅琊府一片太平，但是他未必就是打仗的料。臣以為，還是派遣老將合適。如今我國經過五年的休養生息，國力昌盛，兵精糧足。五年來，我軍一直採取守勢，將士們都憋著一股勁，以臣的愚見，此次荊漢挑釁，我軍損失慘重，理應調遣大軍予以反擊，起大軍二十萬，一口氣吞掉荊州。」

郭嘉也是歇了五年，五年內處理公文十分的枯燥，聽到要打仗，立刻來了精神，自告奮勇說道：「皇上如果要派遣兵馬討滅荊漢的話，臣願意擔任隨軍軍師。」

高飛看了賈詡和荀攸一眼，問道：「二位太尉大人是何意見？」

賈詡、荀攸道：「臣等附議！」

徐州，琅琊府。

沉靜的天藍色牆壁，紅花和風尾草圖案的綠窗簾，生鐵爐架子前面的針織屏風；桃花心木的古玩櫃，玻璃後面放滿了各種小玩意兒；玻璃珠的腳墊，書架上有一排放的是各式各樣的兵法書。

秋天的陽光灑在這個不大的院落中，照射在房廊下手捧一本《六韜》正在細細品讀的少年身上，顯得是那樣的愜意。

過了好一會兒，從院子外面走來一個衙役，見到少年後，拜道：「啟稟知府大人，大殿下剛剛進城，目前正在往府衙趕……」

「嗯，知道了，等大殿下到了府衙門口再來通知我。」少年孜孜不倦地讀著《六韜》，似乎並不希望有人來打擾他。

衙役無奈地搖了搖頭，他深知這位年輕的知府大人的個性，便扭頭走了。

不多時，衙役又回來了，這一次顯得很是慌張，道：「大人，大殿下已經臨門了……」

少年只微微地點了點頭，擺擺手道：「嗯，知道了，將大殿下帶到客廳，我一會兒就過去。」

衙役怔了一下，見少年手中捧著的書還有一半沒有讀完，他知道少年說要讀完這本書，不讀完，肯定不會動身的，就算是身後著火了，他還是能夠淡定地把書讀完。

「知府大人，這次來的可是大殿下……」衙役再一次提醒道。

少年依然是不慌不忙，目光從書本上斜視到衙役的臉上看了一眼，衙役便閉上了嘴巴，不再說話，轉身離去。

當衙役走後，少年繼續看著他的《六韜》。

府衙的客廳裡，高麒和夏侯蘭已經等候許久，始終不見琅琊府的知府出來。

夏侯蘭坐不住了，喚來一名衙役，呵斥道：「你們的知府大人是怎麼回事？大殿下駕到，不出城迎接也就算了，現在到了府衙，為什麼你們的知府大人還不出來？」

「這個……那個……我們知府大人他……」

「去！叫司馬懿出來，告訴他，大殿下已經等得不耐煩了，他要是再不出來，我就參他個大不敬之罪！」夏侯蘭一臉怒意地說道。

衙役也很是為難，支支吾吾的，不知道該怎麼回答。

就在這時，高麒輕斥道：「夏侯將軍，來者是客，我們是客人，有句話叫做客隨主便，我們應該入鄉隨俗才對。」

言畢，高麒又對那衙役說道：「你且去忙吧，不要打擾你家大人，想必他肯定有什麼要事，等他處理完那些要事之後，再來見我不遲。」

衙役對高麒感激涕零，緩緩地退出了客廳。

夏侯蘭不知道高麒是什麼意思，不滿地道：「大殿下，這司馬懿也太目中無人了吧？我早就提前通知他了，誰知道今天他還如此怠慢。大殿下，要不要我去把他給抓來，向大殿下賠罪？」

「夏侯將軍切勿魯莽，司馬懿乃朝廷堂堂的二品大員，他是朝廷命官，我雖然是個皇子，卻什麼職務都沒有。按理說，我見到他，還要行禮才對。夏侯將軍也是正三品的官，司馬懿怎麼說也是你的上官，一會兒要是見到了他，夏侯將軍還是要多加禮遇才對，否則的話，就是頂撞上官了。」高麒慢條斯理地道。

夏侯蘭聽了，不服氣地道：「大殿下心腸太好了，對付司馬懿這種目中無人的人，應該給予嚴重的打擊才對。讓他記住，以後絕對不能這樣怠慢大

殿下。」

高麒聽後，只是微微一笑，並未說什麼，端坐在座位上閉目養神，靜靜地等候著司馬懿。

夏侯蘭也不再說話了，人家當皇子的都不生氣，她跟著瞎起什麼鬨，心中暗道：「等回去，我必然要在皇上面前參你一本，有本事，你今天就別出現！」

時間一點一點的過去，日落西山，暮色四合，客廳內依然靜謐異常。

夏侯蘭都開始打盹了，一路上她要照顧高麒的飲食起居，當真是累得不行，所以一旦久坐，難免會犯睏。

高麒坐在那裡閉目養神，呼吸均勻，也不知道他是睡著了，還是清醒的。

又過了一會兒，衙役開始給客廳裡掌燈，順便通知高麒和夏侯蘭，說司馬懿今天沒時間見他們，要等明天，並且將他們安排在西廂住下。

夏侯蘭當真沒有想到，這司馬懿的架子如此之大，心中怒火陡生，吵著要去將司馬懿給抓過來問個究竟。高麒苦勸攔下，又讓下人準備了酒菜，這才算是安撫了夏侯蘭。

一夜無事，兩人一覺睡到了天亮。

「咚咚咚！」

一通急促的鼓聲在府衙中響起，急促的鼓聲吵醒了夏侯蘭和高麒的美夢，兩人起床後，好奇問道：「何人在敲鼓？」

衙役答道：「是我們知府大人。」

「司馬大人為什麼敲鼓？難道是有什麼案子要審理？」高麒問。

「琅琊府兩年來一向太平，境內毫無雞鳴狗盜之徒，知府大人更是連牢獄都沒有設置，何來的案子要審理？」衙役順口道。

「既然琅琊境內太平，又沒有案子要審理，那司馬大人敲鼓這是為何？」高麒更是不解了。

他們說話這會兒，鼓聲一直沒有停過，時而急促如雨點，時而慢如蝸牛。

「大殿下有所不知，這是我們大人在擊打戰鼓。我們大人說了，擂響戰鼓，可以激勵士氣，從而使得戰場上浴血奮戰的將士們勇氣倍增，所以每天早上，我們大人都會親自擂響三通鼓，三通鼓擂罷，他才休息。」

「三通鼓？」

高麒從未涉及過軍事，所學之書都是詩經禮儀等等，雖然父親經常教導他不要拘泥不化，要舉一反三，想前人不敢想，做前人不敢做，但是對於這三通鼓，

他還真的聞所未聞。

夏侯蘭從軍多年，對三通鼓最瞭解不過了，見高麒臉上犯難，便解釋道：

「大殿下，古代三通鼓用於擊鼓催征，兩軍打仗，通常是面對面擺好陣勢，然後一方擂鼓叫戰，另一方擂鼓應戰，如果對方並不擂鼓應戰，叫戰一方通常要擂三通鼓後才開始進攻。」

高麒聽後，覺得很有意思，這些知識可是他在皇宮裡學不來的。

他聽到鼓聲還在響，很想見識一下司馬懿到底是誰，而且每次聽高飛的談話中，似乎對司馬懿很是推崇，於是快步地走了出去，朝著鼓聲傳來的方向而去。

夏侯蘭緊緊地跟在後面，心中卻在暗罵司馬懿不識抬舉。

兩人沿著鼓聲，一會兒便到了司馬懿擂鼓的地方，一看頓時傻眼，這司馬懿真是太神奇了，只見隆隆的鼓聲下，一大群雞、鴨、鵝竟然自動排成一條線，站在那裡撲扇著翅膀，歡快地叫著。

另外，在雞、鴨、鵝排列的方陣邊緣，四條狗蹲在四個不同的角落，像是四尊神祇一動不動的瞪著兩隻狗眼，緊緊地看護著雞、鴨、鵝。

在一個高臺的上面，但見一個少年精瘦幹練，穿著得體，長衫禮帽，白袖外挽，手執兩個鼓槌，正在有規律的敲打著那面戰鼓，不是司馬懿，還能有誰?!

高麒仔細打量了一下司馬懿，但見司馬懿身材高大，皮膚白皙，兩鬢留著兩縷長髯，隨風而動，飄落在肩膀上，顯得格外飄逸。

司馬懿那張沒有半點瑕疵的英俊臉龐，濃中見清的雙眉下嵌有一對像寶石般閃亮生輝，神采飛揚的眼睛，寬廣的額頭顯示出超越常人的智慧，沉靜中隱隱帶著一股能打動任何人的憂鬱表情，但又使人感到此人深沉得難以捉摸。

「這就是司馬懿啊，果然是一表人才，才貌俱佳。」

高麒看後，不知道為什麼，覺得司馬懿對他有著一種很大的吸引力。當然，那種吸引力並不是說他有那方面的癖好，只是單純的被司馬懿的氣質所吸引。

不多時，鼓聲停止，司馬懿放下鼓槌，擦拭了一下額頭上的汗水，轉過身子，對空地上那群家禽拍了一下巴掌，首先是四條狗先行離開，緊接著，雞、鴨、鵝排成隊各回各窩，顯得極為有規律。

之後，司馬懿這才走到高麒的身邊，拱手說道：「大殿下昨夜可曾休息好了？」

高麒點點頭，客氣地回道：「蒙知府大人的熱情款待，昨夜休息的很好。」

司馬懿笑了笑，目光移到夏侯蘭的身上，見夏侯蘭一臉的不悅，便道：「夏侯將軍一臉的怒氣，莫非是這些衙役招待不周？」

「司馬懿！你……」夏侯蘭見司馬懿皮笑肉不笑的，心裡本來就有氣，此時更是氣上加氣，便忍不住發洩了出來。

高麒見狀，急忙插話道：「司馬大人，夏侯將軍還沒睡醒，請不要和夏侯將軍一般見識。我很想和司馬大人聊聊，不知道司馬大人可否有時間？」

司馬懿拱手道：「大殿下盛情相邀，我本不該拒絕，奈何本府還有一些公務需要處理，實在是抽不出身來，還請大殿下多多包涵。」

高麒聽了，不禁一怔，心想這**司馬懿的葫蘆裡到底賣的是什麼藥？**

「據我所知，琅琊府一直很太平，知府大人也每天無所事事，怎麼這會兒卻說有公務，不知道知府大人的公務到底是什麼事情？」夏侯蘭抱著膀子，不客氣地質疑道。

司馬懿面不改色地道：「公務就是公務，沒什麼好解釋的，兩位儘管在琅琊府裡走動，在下公務在身，就此告辭。」

言畢，司馬懿轉身便走。

夏侯蘭氣呼呼地道：「大殿下，司馬懿太目中無人了！大殿下難道就這樣忍氣吞聲嗎？」

高麒朝夏侯蘭拜了拜，然後一本正經地說道：「夏侯將軍，多謝你一路上對我的照顧，我已經安全抵達琅琊府，將軍的使命也算完成了，宮中還有許多事情等待著將軍去做，請將軍回去之後轉告我的父皇，就說我在琅琊府一切安好。」

「大……大殿下……」夏侯蘭嗔目結舌，沒想到高麒會對自己下逐客令。夏侯蘭無奈地朝高麒拱拱手道：「既然如此，那我今天就啟程回京城。只是，大殿下還需要多多保重才是。」

「有勞夏侯將軍操心了，我一定會好好照顧自己的。」高麒道。

夏侯蘭扭頭便走，她再也不想在此地待下去了，只是她不明白，為什麼高麒會那麼容忍司馬懿。

高麒見夏侯蘭走了，便出了府衙，不讓衙役跟著他，獨自一人在大街上四處遊蕩，出口詢問路人關於司馬懿的為人，得到的結果，百姓對司馬懿都是交口稱讚不已。

之後的兩天時間裡，高麒每天都會去看司馬懿擊鼓，未和司馬懿說過一句話。而司馬懿也未提出要接見高麒，就那樣將高麒晾著。

到了第三天早上，高麒早早地來到司馬懿擊鼓的地方，可是等了足足一個時辰，卻不見司馬懿的蹤影。

高麒一陣好奇，找來衙役問道：「知府大人今天是不是病了，為何沒有來

擊鼓？」

衙役答道：「知府大人接到皇上的聖旨，已經於昨天下午單騎趕往京城了。」

「什麼？」高麒一陣驚愕，這司馬懿怎麼走得如此悄無聲息，這聖旨來得也太突然了。

衙役這時從懷中拿出一封信，遞到高麒的面前，說道：「大殿下，這是知府大人讓小人轉交給大殿下的信。」

高麒急忙接過信，拆開來看，但見上面寫道：「**酸、甜、苦、辣、鹹，乃人生五味**，今日一別，鄙人無甚相贈，只能以五味書屋贈與殿下，希望殿下能夠潛心修習，體味人生五味。」

高麒笑了起來，將信合上，對衙役說道：「請帶我去五味書屋！」

衙役點點頭，便帶高麒去了五味書屋。

五味書屋是司馬懿在府衙內的專屬之地，除了他以外，任何人都不能踏入書屋半步，因為司馬懿嗜書如命，兩年來，除了正常的公務要處理外，司馬懿都是一個人在這五味書屋中度過的。

抵達五味書屋之後，衙役不敢向前，停在那裡，對高麒說道：「大殿下，這裡就是五味書屋了，小的只能送到此處。」

高麒點點頭，一人進了五味書屋，剛一進門，便聞到一股濃郁的書香味，隨後便看見整間屋子裡都是整齊排列的書架，架上擺滿了琳琅滿目的書籍，而且一塵不染。

他隨手從書架上拿下一本《論語》，剛剛翻開，一股清香便撲面而來，他注意到在書中間夾著一片蕓香草。

（作者按：古人為防止蠹蟲咬食，皆會在書中放置一一片蕓香草，這種草有一種清香之氣，夾有這種草的書籍打開之後清香襲人。所謂的書香門第，就是這個意思。）

除此之外，書的底部還有筆記和注釋。他好奇地又取下另外幾本書，驚奇地發現每本書都有讀過的筆記心得。

「司馬懿果然是個奇才，竟然將所看過的每本書都作了筆記，而且所寫的個人見解也頗有獨到之處。」

高麒將書放回原處，只留下一本《史記》在手，開始默默地流覽起來。

他之前便看過《史記》，以他驚人的記憶力，甚至可以倒背如流。但是今天，他卻是在逐字逐句的讀，每每讀完一句，便會看一眼下面的注解，漸漸地發現司馬懿的注解竟是前所未聞，不禁被司馬懿所注解的書籍產生了濃厚的興趣，一直看，一直看……

之後的時間裡，高麒都是一個人待在這五味書屋裡，樂此不疲的將所有以前看過的書籍重新讀了一遍，驚奇地發現，自己以前有些不太懂的地方，在司馬懿的注解中竟然找到了答案。

從此以後，高麒像是發現了偌大的寶庫一樣，除了吃飯和睡覺，他都在五味書屋裡，後來，索性搬進了五味書屋裡去居住，吃飯都是衙役們送，除了上廁所，他幾乎不再出門。

自從幾年前高飛發明活字印刷術後，對造紙術也進行了改良，所造出的紙張都很不錯，華夏國從此告別了用竹簡的時代，將許多古文典籍印刷成書，加上高飛嚴格管制紙張的價格，所以書籍得以在整個華夏國普及開來，大大地方便了飽學之士。正因如此，司馬懿才能得以擁有那麼多書籍。

司馬懿走了，可是留下的五味書屋對於高麒來說，是一筆巨大的財富。從宛城之戰爆發之後，他就有預感，**自己是時候踏上歷史的舞臺了**。

兩年來，他在琅琊府的這段時間裡，表面上是兩耳不聞窗外事，實際上比誰都關心國家的軍事動向，他甚至私下裡讓人去購買情報部裡的國家機密，有些時候，比朝廷裡的人更先知道某些動態。

兩年來，司馬懿不攢金，不攢銀，將所有的俸祿都花費在購買情報上。雖然說情報部的情報人員都是經過精挑細選，對國家忠誠的人，但是卻不能排除個別的蛀蟲。

在高麒還沒有抵達琅琊府的時候，司馬懿便已經有所預料了，所以在聖旨抵達的那天，他就將寫好的奏章讓人加急送往洛陽，舉薦自己的弟弟司馬孚來擔任琅琊府的知府。

高麒到來後，司馬懿也做了一番巧妙的安排，故意對高麒避而不見，吊足了高麒的胃口，加上他派人暗中監視高麒的一舉一動，從而從各個方面瞭解高麒之後，這才決定把自己的五味書屋讓給高麒。

第三章

事有蹊蹺

其實，盧橫從第三次梆子響起的時候就覺得事有蹊蹺了，心想諸葛亮詭計多端，以前上了他的當，現在絕對不能再上當了，便找了一個不怕死的勇士，和他換了衣甲，這才得以騙過斥候的眼睛。不然的話，他早就命喪此地了。

幾天後，司馬懿抵達了京城洛陽，在皇宮侍衛的帶領下，再一次踏入皇宮。距離上一次中狀元，被任命為琅琊知府離開皇宮去琅琊府上任，已經間隔了足足兩年零四個月。

兩年多前，他還是個無知小子，今天，他的身上已經看不出任何的驕狂和傲氣，有的只是一身書生之氣。

無極殿上，高飛和群臣正在商討著對荊漢用兵的具體事宜，見殿前武士進來稟告司馬懿來了，高飛的臉上立刻洋溢起笑容。

「快傳司馬懿上殿！」高飛歡喜地道。

「傳司馬懿上殿！」

隨著一聲令下，司馬懿從殿外進入大殿，瘦長的身形，飄逸的長髮，加上新潮的服飾，都讓司馬懿賺足了文武大臣的眼球。

再度踏上這座神州無極殿，司馬懿的心裡很是平靜，古波不驚的臉膛、深邃的雙眸，散發著一種成熟男人的魅力，讓人無法相信，眼前這個人，就是幾年前那個驕狂、自傲的司馬懿。

「臣司馬仲達，叩見皇上。」司馬懿跪在地上，向高飛叩首道。

「愛卿起來說話，到階梯這裡來。」高飛對司馬懿喚道。

司馬懿「諾」了聲，在眾目睽睽之下邁開步子，向高飛走去。快要走到階梯的時候，他便停下腳步，躬身站在大殿中央，顯得很是謙卑的樣子。

高飛打量了司馬懿一下，對司馬懿的這種態度很是滿意。兩年來，他讓司馬懿去琅琊做知府，而不是一下子便躍居高位，便是要鍛煉他的性子。如今兩年後歸來，確實達到了讓他滿意的程度，心中想道：「司馬懿終於長大了，已經完全脫去了稚嫩。」

「司馬仲達，你和朕一別也有兩年了吧？」高飛隨口問道。

「啟稟聖上，是兩年四個月零七天。」司馬懿馬上回道。

高飛笑道：「你倒是記得很清楚，前幾日荊漢的大軍攻擊宛城，致使張遼損兵折將，我華夏國經過五年的休養生息，七十萬大軍枕戈待旦，朕準備發兵二十萬予以反擊，以荊漢都城襄陽為目標，不知道你怎麼看？」

司馬懿想都沒想便道：「啟稟聖上，荊漢和曹魏結盟已經許久，五年中，此二國不斷地騷擾我邊疆，弄得邊疆軍民十分痛惡。臣十分同意聖上出兵伐漢的建議，只是，我軍一旦發動國戰，曹魏必然會在西北騷擾，那麼聖上就不能專一伐漢。滅國之戰耗費甚巨，一旦發動國戰，必須要一鼓作氣，不攻滅荊漢誓不甘

休。最主要的是，聖上滅漢的心意絕對不能動搖，一旦動搖，就會前功盡棄。」

高飛聽後，覺得司馬懿說得很有道理，看了看賈詡、荀攸、郭嘉、蓋勳以及眾多文武大臣，似乎都沒有什麼異議。

「眾位愛卿，可有什麼別的意見嗎？」

荀攸挺身而出，朗聲道：「臣以為，我華夏國和東吳世代交好，休戚相關，更兼荊漢和東吳有世仇，如果皇上要出兵滅漢的話，可派遣使節，先趕赴建鄴，邀請東吳一同對荊漢發動攻擊，這樣，我軍便又多了一份勝算。」

「另外，我軍一旦出兵，與荊漢同盟的曹魏必然會在西北有所動作，皇上必須加強西北的防禦才行，只要嚴防死守，西北便不足為慮。」郭嘉也建議道。

高飛聽後，思慮了一番，當即朗聲道：「陳琳，擬寫聖旨，詔右車騎將軍徐晃加強潼關防禦，詔虎翼大將軍太史慈率領騎兵三萬，從靈州南下攻擊秦州，另外以馬超為征西將軍，率騎兵兩萬，攻擊武威，衛將軍龐德率軍兩萬攻擊安定，以攻為守，牽制曹魏大軍！若遇到曹魏大軍，便採取運動戰，殲滅敵人的有生力量。以七日為限，不論取得如何戰果，全部退回靈州。」

聲音一落，坐在大殿上的陳琳便開筆寫下了聖旨。

「司馬懿！」高飛又喊道。

司馬懿畢恭畢敬地道：「臣在！」

「朕封你為軍師將軍，即刻趕赴宛城，暫時歸屬到虎牙大將軍張遼的麾下，明日便去上任。」

「臣遵旨。」

高飛又看了一眼戶部尚書鍾繇，朗聲問道：「鍾尚書，若要籌集一年軍用的糧草，大概需要多少時間？」

鍾繇走出班位，思量了一下，這才回答道：「請皇上給臣一個月時間，一個月後，臣將親自押運一百萬石糧草到宛城，以供軍需。」

「嗯，不光是糧草，還有兵餉。」高飛又補充道。

「臣明白，一個月後，一百萬石糧草、五十萬枚銀幣，臣將全部運到宛城。」鍾繇說這話的時候，連眉頭走沒皺一下，要知道一石糧草可以供一個成年人吃二百天的，而一枚銀幣，可以供普通老百姓一個月的花銷。

打仗，打的就是國力，這是一成不變的道理，所以，擁有雄厚的國力，才是發動戰爭的資本。

經過五年的休養生息，華夏國形成了以東北、河北、中原、西北四個巨大的產糧基地，尤其是河套地區的開發，前兩年還不怎麼凸顯，直到最近兩年，河套

地區的作用越來越突出。

雖然高飛提出全民皆兵的制度，但是真正實施的時候，卻有相當大的阻力，所以一直以來，民兵制度也只在邊防重鎮周圍施行。

河套是實行民兵制度最成功的地區，當年就地裁撤的十萬東夷兵成為民兵後，在拱衛邊防和開發荒地上貢獻巨大。所以，即使曹魏和鮮卑聯盟，依然沒有對華夏國的北部造成什麼威脅。

糧草、兵餉的問題解決了，那麼剩下的就是出兵的問題了。於是，高飛綜合了各方面的意見，最後做出決定，出兵三十萬滅漢，高飛御駕親征，以虎牙大將軍張遼、虎烈大將軍黃忠分別為左右先鋒，讓其率領本部兵馬，兵分兩路，開始正式的反擊滅漢之戰。

另一方面，高飛從河北徵調了張郃、陳到這幾年訓練的十一萬新軍，讓這十一萬新軍從河北趕赴洛陽附近集結，留下虎威大將軍趙雲鎮守北方，並且任其為都督，總督幽州、遼東、東夷、並州、冀州、雲州等地。

還有，高飛讓甘寧的十萬海軍從天津港開拔到徐州廣陵府的江都，在那裡擴建港口，並修葺海軍基地，與東吳的曲阿港隔河相望；又讓左將軍臧霸開挖運河，準備在廣陵府內連通淮河和長江。

一連串的命令下達之後，由參議院、樞密院聯合簽發公文，並且加蓋傳國玉璽，準備在一個月後正式展開對荊漢的自衛反擊戰，並且乘勝滅漢。

朝會散了以後，高飛另寫一封密詔，讓司馬懿帶著，趕赴宛城見張遼。

司馬懿走後，高飛又喚來盧橫，單獨接見了盧橫。

「前次你被漢軍所俘虜，可謂是你從軍生涯上的一個污點，想必這次滅國之戰，你肯定會主動請命吧？」

高飛和盧橫從一開始關係就很微妙，既是主僕，又是兄弟，而且高飛還曾經教過盧橫槍法，算是亦師亦友，所以兩個人單獨坐下來的時候，無話不談。

盧橫點點頭道：「臣想戴罪立功，上次臣被俘虜了，這次臣要將諸葛亮給皇上親自抓來。」

「我猜你就是這樣想的。我可以派你去前線，但是**你一定要記住，你此去不是抓諸葛亮的，而是去打仗，不要因小失大**。諸葛亮雖然一定要抓，但是盡力而為就好，不要為了抓諸葛亮，害我丟了一員大將。你擅於防守，虎烈大將軍擅於攻伐，我派你去給虎烈大將軍擔任副將，你們互相商量，還要多聽參謀本部的意見，然後做出合理的行動，千萬別再被活抓了。」高飛嚴肅地叮囑道。

「臣寧願死，也不願再當俘虜了，請皇上放心。」盧橫在心裡暗暗地發下

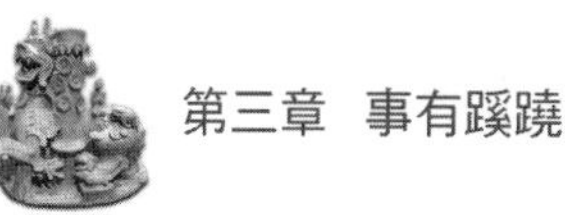

毒誓。

「這裡有一封信，你帶著，轉交給虎烈大將軍，幾天後，我會給你們派出一名軍師。」

「諾！」盧橫接過信，轉身離去。

兩日後，司馬懿終於抵達了宛城，一進入宛城，便直奔府衙，去見虎牙大將軍張遼。

張遼此時正在指導高麟練氣，聽說有密使來，便讓高麟自己練習，他去客廳會見來人。客廳裡，張遼和司馬懿兩下相見，相互寒暄了幾句，司馬懿便拿出密詔，交給張遼。

張遼看完，不禁大吃一驚，對司馬懿道：「我軍剛剛經歷了一場大敗，三萬大軍只剩下七千餘人，皇上調遣的大軍暫時未到，此時就出兵，是不是太倉促了點？」

司馬懿知道信中的內容，在高飛將信交給他的時候，就已經對他說明了。其實即使高飛不說，以他的智慧也絕對能夠猜到，這封密信是催促張遼起兵攻打漢軍所占領的穰縣。

他的臉上沒有一絲表情，道：「皇上如此安排，必然有其深意，大將軍只管照做便是。大將軍之前經過一次慘敗，趁著士兵們都在悲痛當中，應該以迅雷不及掩耳之勢對漢軍展開攻擊，大將軍現為右路先鋒，就應該拿出先鋒的魄力和膽識。漢軍剛剛勝利，必然沒有防備，此時正是反擊的時刻。」

張遼聽後，將密信一合，道：「好！哀兵必勝，我就以宛城三千兵馬奪取穰縣。」

話音一落，張遼當即點起三千馬步，披掛上馬，帶上司馬懿，出了宛城。

就在司馬懿抵達宛城的同時，盧橫也趕到了汝南，二話不說，立刻要求見虎烈大將軍黃忠。

盧橫遞出密信，黃忠看後，哈哈笑了兩聲，捋著花白的鬍鬚，歡喜地道：「某在汝南五年，還以為皇上將我忘了。」

「大將軍有功之人，皇上怎麼可能會將大將軍忘了呢。大將軍，密信上寫的什麼啊？」盧橫好奇問道。

黃忠道：「皇上讓某率領汝南所有兵馬以迅雷不及掩耳之勢直取新野，黃某總算可以有用武之地了。」

盧橫聽後，道：「目前國內正在積極備戰，糧草、兵餉、器械、軍馬都在一一徵調，國戰最遲也是一個月後發動，如今皇上讓大將軍先行，必然有其深遠用意。新野乃襄陽的北方門戶，一旦奪下新野，就可以作為南征的前線，為以後再立戰功，打下基礎。」

黃忠道：「事不宜遲，老夫手下五萬兵馬枕戈待旦，這就點齊五萬大軍趕赴新野。漢軍雖然在江夏留有重兵，卻是用來防守東吳的，況且田豫也不敢輕易調動江夏兵馬，一旦江夏兵馬有所調動，東吳在廬江的大軍便會對江夏發動進攻。」

盧橫覺得黃忠分析的極有道理，也覺得高飛頗有先見之明，便道：「大將軍，五萬大軍一起前進，必然會引起敵軍的注意，不如分派小股兵力，同時向湖陽、新野、復陽、章陵、襄鄉、隨縣發起進攻，如此這般，便能讓敵軍分身乏術了。」

黃忠謀思一番之後，道：「很好，湖陽、復陽、章陵、襄鄉、隨縣等地本來兵馬就不是很多，如果派遣偏軍進行攻擊，我軍驟然攻到，敵軍毫無防備，必然會棄城而逃。盧將軍，你隨我一起去攻新野，其餘四地，暫時交給我的部將去攻。」

「樂意效勞。」盧橫爽快地答應了。

兩人商議既定，黃忠便將帳下五校尉叫了過來，指派五個校尉分別去攻取湖陽、復陽、章陵、襄鄉、隨縣五地，每個校尉帶五千馬步軍。

其後，盧橫要求為黃忠前鋒，黃忠經不住盧橫的再三要求，勉強答應，撥給盧橫五千騎兵，徑取新野，他自己則帶兩萬大軍緊隨其後。

汝南五萬正規軍傾巢而出，汝南知府王淩隨即調集當地民兵填補空缺，只徵發了兩萬民兵，嚴守邊鎮諸縣，以防止有任何不測。

華夏神州五年，西元一九六年。

華夏國國慶剛過不到半個月，華夏軍便對荊漢展開了自衛反擊，虎牙大將軍張遼率軍三千，以迅雷不及掩耳之勢連克安眾、穰縣、陰縣、築陽等縣，漢軍猝不及防，毫無防備，連連丟失拱衛新野的四個縣，新野的西部防線頓時崩潰。

與此同時，華夏軍虎烈大將軍黃忠所部，也取得了優異的戰果，部下五校尉以絕對的優勢分別攻克了湖陽、復陽、章陵、襄鄉、隨縣，切斷了新野的東部防線。

短短兩日內，漢軍連失九縣，使得駐守在新野的關羽為之震驚不已。

兩日來，敗軍不斷退回新野，當關羽得知張遼只以三千輕騎連克四縣時，不知道為何，**他突然後悔自己放走了張遼**。那次他為了答謝高飛的恩情，這才放走了張遼。沒有想到，**放走張遼居然會給自己留下那麼大的麻煩**。

當年，張遼和趙雲單打獨鬥，最後輸給趙雲一招，後來越想越不服氣，只因他的「萬軍煞」在當時未能使出，從那以後，他苦練「萬軍煞」，終於做到了收發自如的狀態，所以他也很期待和趙雲再戰一次。

據敗軍回報，張遼首先夜襲了安眾縣城，守兵還不知道是怎麼回事，張遼的兵馬就已經殺入了城中，外面喊殺聲震天，火光衝天，守兵黑夜裡無法辨認來了多少兵馬，只好棄城而逃。

結果，張遼占領安眾縣後，並未停留，而是馬不停蹄的連夜趕往穰縣，當安眾的敗軍逃到穰縣時，張遼的大軍也如影而至。

穰縣守將以為是安眾的守將和張遼串通好的，不由分說，便將安眾的守將斬殺了。可是，穰縣的守將面臨張遼的大軍，根本還沒有來得及防守，便帶著守兵棄城而逃。

之後，張遼如法炮製，又陸續攻克了兩座縣城。

關羽聽完從築陽退下來的守將稟告完後，重重地嘆了口氣。

諸葛亮在側，聽後也是一陣感慨，說道：「張遼文武雙全，前次雖然失敗，這次卻完全掌握住了騎兵的快速機動力，將指揮的藝術發揮的如此高超，確實是一員響噹噹的人物。」

關羽聽後，更加後悔放走張遼了，咬牙恨道：「點齊兵馬，某親自帶兵去斬殺張遼，收復失地。」

諸葛亮趕忙勸阻道：「張遼劍走偏鋒，一路攻城略地，雖然說很是勇猛，但是以張遼的個性，絕對不會如此冒險。前次一戰，張遼損兵折將，三萬宛城駐軍只剩下七千多人，文聘駐守育陽，也不過才四千多人，張遼竟然敢如此大膽地冒險行動，必然有人和他相互配合。如果我沒料錯的話，華夏國的虎烈大將軍黃忠此時已經率領大軍在來新野的路上，而且湖陽、復陽、章陵、襄鄉、隨縣等地也已然丟失。」

關羽聽後，並不相信，正要反駁，卻見斥候彙報，說湖陽、復陽、章陵、襄鄉、隨縣五地盡皆被華夏軍攻克，而黃忠率領兩萬五千名大軍距離新野不足五十里。

聽到這個消息，關羽大吃一驚，扭臉看了諸葛亮一眼，果如諸葛亮所說。只是他很納悶，為什麼湖陽、復陽、章陵、襄鄉、隨縣五地的敗軍不回來稟告。

諸葛亮看出了關羽的疑惑，緩緩說道：「黃忠和張遼不同，張遼沒有兵馬，只能採取快攻，而黃忠在汝南有五萬大軍，兵馬強壯，必然是向五縣同時發起進攻，五縣兵少，肯定會被黃忠一網成擒，如何回來稟告？」

關羽又問：「黃忠兩萬五千名大軍逼近新野，為何斥候沒有發現？他們都是幹什麼吃的？」

諸葛亮笑道：「大將軍休要動怒，只能說華夏軍用計十分巧妙，先以張遼展開快攻，吸引我軍視線，讓我軍將所有視線都集中在張遼身上，以為是張遼對上次戰役失敗後的瘋狂報復，從而讓我們忽略了東線的黃忠。**好一個雙管齊下，這場戰爭，越來越有意思了。**」

關羽道：「兵臨城下，我軍前次戰爭也有所損傷，今日面臨黃忠五萬大軍來犯，該當如何退敵？」

諸葛亮道：「**棄城！**」

「棄城？」關羽驚詫地道：「關某手握重兵，正想與黃忠決一死戰，你卻讓關某棄城？」

「大將軍，黃忠虎視眈眈，前鋒兩萬五千名大軍即將抵達新野城下，後續部隊也都在進發當中。五年來，華夏國均採取守勢，今日突然轉為攻勢，必然是調集大軍南征，新野城小，不宜堅守，不如暫時退到鄀縣，背靠都城，不僅補給線短，而且將士們也會為保家衛國奮勇抵抗。」

關羽猶豫道：「容關某再想想！」

「敵軍近在咫尺，此時棄城，尚能全身而退，若再拖延下去，只怕就會被圍城了。大將軍放心，在下已經做好了安排，即使退卻，也要再給華夏軍一個沉痛的打擊，讓敵軍不敢追逐我軍。」諸葛亮道。

關羽看諸葛亮一臉的自信，單從上次的戰役來說，諸葛亮表現的就很出色，令關羽對諸葛亮的智謀另眼相看。今日見諸葛亮自信滿滿，於是點頭答應，說道：「好吧，傳令三軍，暫時撤往鄀縣。」

諸葛亮又道：「且慢！大將軍，新野百姓十餘萬要一併帶走，只給敵軍留下一座空城即可。」

關羽狐疑道：「帶百姓走，那豈不是給自己找麻煩嗎？」

「新野之民乃是皇上的根基，當年皇上為新野令時，新野的百姓對皇上很是擁戴，得民心者得天下，理應帶到襄陽安置。大將軍只需給在下三千兵馬，在下便能拖住黃忠的大軍，給大將軍和全城百姓贏得撤退的時間。」

關羽道：「杜襲，你率領三千輕騎留下，其餘人全部退走，立刻去通知全城

百姓，就說華夏軍來了，動員百姓撤離，將所有能帶走的全帶走，糧食一粒也不留給敵軍。」

一聲令下，新野城裡頓時如炸開了鍋，漢軍又動員新野城附近的十幾個村落，十餘萬新野百姓在漢軍的保護下向南退卻。

關羽對諸葛亮並不放心，讓董和、王甫帶領百姓先走，他點齊兩千輕騎，領著霍峻、呂常斷後，以防不測。

諸葛亮和杜襲則帶著三千兵馬去迎擊黃忠，**新的戰鬥即將拉開序幕**。

華夏軍在黃忠的帶領下，離新野越來越近了，黃忠身披連環鎧，頭戴鋼盔，手中拿著九鳳朝陽刀，胯下是一匹青栗色的獅子驄，顯得格外威武。

盧橫跟在黃忠的身邊，問道：「大將軍，再過四十五里就是新野縣城了，想必漢軍已經發現了我軍的蹤跡，此時應該加速前進才對。」

黃忠點點頭道：「傳令下去，全軍加速前進。」

盧橫隨即將命令下達下去，他本來率領五千名騎兵為黃忠前鋒，可惜道路崎嶇，不適合騎兵前進，以至於行程竟然和黃忠的步軍同步，最後便不得不合兵一處了。

命令下達後，盧橫帶著騎兵奔馳在最前面，此時已經過了崎嶇的山路，進入稍微平坦的地段，他率領的前鋒五千騎兵，一路狂奔，很快便奔出了十五里，迅速和黃忠拉開了距離。

正行軍間，突然聽見一聲梆子響，盧橫心中一驚，急忙叫道：

「有埋伏！」

華夏軍頓時一片慌亂，人馬俱驚。

可是，慌亂過後，卻沒有一個人出現，也沒有一支箭矢射出，梆子聲一停止，剩下的只有華夏軍的人喊馬嘶。

盧橫見虛驚一場，將兵馬重新聚集在一起，吩咐道：「漢軍已經早有防備，前進需加小心，每個人都將連弩拿出來，遇到不測，便朝道路兩邊射擊。」

「諾！」

盧橫帶著大軍繼續前行，剛走不到兩里，又聽到一通梆子響，盧橫所部紛紛朝道路兩邊射擊，胡亂射了一通，結果什麼都沒有，又是一陣虛驚。

之後，每走兩里，幾乎都會遇到此類情況，皆是虛驚一場。

到了第六次，梆子聲響起時，華夏軍已經不再有任何動作了，這一次，還是一如既往的平安無事。

隱藏在樹林中的斥候看到這種情形後，飛快地奔馳到諸葛亮的身邊，稟告道：「監軍，果然如監軍所預料的一樣，經過六次的虛張聲勢，敵軍已經麻木了。剛才聽到梆子聲響的時候，敵軍沒有任何的動作。」

諸葛亮笑了笑，問道：「領軍的是誰？」

「還是那個衛尉盧橫。」

「是他啊……上次我放了你，這一次你可沒有那麼好命了，吩咐下去，一會兒將所有箭矢全部集中在盧橫一個人身上。」諸葛亮的臉上露出一絲陰笑。

「諾！」

這邊漢軍是嚴陣以待，那邊盧橫帶著兵馬迅速前進，當即又前進了兩里，再次聽到梆子聲響起時，盧橫所部根本不予理睬，也不停下腳步，一個勁地朝前面衝。

可是，當梆子聲一落，只見道路兩邊成百上千的箭矢全部射了出來，直朝領頭的盧橫射去。

一通箭矢射完，走在最前面的盧橫登時人馬雙亡。

可是，華夏軍並沒有因為盧橫的死而變得慌亂，反而用手中的連弩開始對道路兩邊的漢軍開始反擊，登時射死射傷不少人。

如此短的距離，華夏軍的連弩算是發揮到了極致，鋒利的箭矢直接穿透漢軍的身體，漢軍身上的盔甲，有的是鐵甲，有的是皮甲，不管是哪一種，都無法阻擋鋼製的弩箭箭頭。

「殺！給我殺！」

突然，在軍隊的最後面，一個士兵模樣打扮的人大聲叫了出來，所有的騎兵竟然都聽那個士兵的指揮，當那個士兵快馬奔馳到樹林裡舉槍刺死了三個人後，漢軍才看清那個士兵的臉膛，竟然是已經死去的盧橫。

不對，應該說，死去的是盧橫的替身。

一千名埋伏好的漢軍頓時作鳥獸散，有幾名士兵被盧橫生擒。

盧橫將活口踩在腳下，一臉怒意的喝問道：「諸葛亮何在？不說的話，我閹了你！」

士兵急忙護住襠部，答道：「在……在前面的十里坡。」

盧橫得到答案後，當即拔出手中長劍，將三名俘虜全部斬首，然後將頭顱拴在馬項上，帶著部下快速朝前面的十里坡而去。

其實，盧橫從第三次梆子響起的時候就覺得事有蹊蹺了，心想諸葛亮詭計多端，以前上了他的當，現在絕對不能再上當了，便找了一個不怕死的勇士，和他

換了衣甲，這才得以騙過斥候的眼睛。不然的話，他早就命喪此地了。

漢軍斥候急忙回報諸葛亮，說盧橫並未中計。

諸葛亮聽後，也是感到一陣驚詫，隨即道：「沒想到我低估了他的能力，有意思，實在太有意思了。」

杜襲在諸葛亮身邊，急得如同熱鍋上的螞蟻，問道：「監軍，此計不成，我軍該當如何？敵軍軍勢浩大，不如暫退……」

「誰敢退後一步，就是違抗軍令，當斬首示眾。」諸葛亮怒斥道。

「可是……監軍的計策並未奏效……」杜襲不滿地嘟囔道。

「別忘了，**我可是設下了雙重保險，此計不成，便進行第二步**。本來我以為盧橫必死，沒想到他僥倖逃過一劫，既然如此，那就別怪我無情了。」

諸葛亮轉身對斥候道：「新野動向如何？」

「所有百姓軍隊已經全部撤出，新野城已經是一座空城，大將軍在城外留有一支兩千人的騎兵，以防止不測。」

諸葛亮點點頭，扭身對杜襲道：「杜將軍，此次再給你一次大功勞，只要你做得好，盧橫和他的騎兵隊伍便會全部被你燒死。我已經讓人在新野安排了易燃的物體，你將盧橫引到新野縣城裡，然後一把火將新野城給燒了，我和大將軍先行退到鄀縣，靜候你的佳音。」

杜襲聽後，當即大喝一聲，帶著部下兩千騎兵便去迎擊盧橫去了。

伏擊盧橫敗下陣來的七百多騎兵此時也都一一歸來，聚集在諸葛亮的身邊，連同諸葛亮一起離開。

盧橫經過此前一戰，變得格外小心，此時對杜襲的追擊，十分謹慎。

大約過了小半個時辰，杜襲成功將盧橫引到了新野城，便飛奔的進了城，盧橫在後面緊追，杜襲不敢逗留，直接率軍而逃。

盧橫見杜襲敗走，恐有埋伏，便不再追逐，派人向黃忠報信，自己則讓士兵在城裡開始埋鍋造飯。

時近黃昏，盧橫等人又累又餓，四下尋找全城，結果一粒糧食都沒有找到，後來一名士兵發現了埋藏在地窖裡的糧食，這才打撈上來，開始生火造飯。

酒足飯飽之後，月上梢頭，忽然傳聞漢軍驟至，盧橫急忙帶兵登上城頭，剛策馬來到城門口，便見漢軍放出許多火矢。

奇怪的是，火矢不射人，偏偏朝著角落旮旯裡射，原先堆積在角落旮旯裡的易燃物一接觸到火矢，立即燃燒起來。

諸葛亮讓人在易燃物中灑上了猛火油，火勢迅速蔓延開來，整個新野城一下子便變成了火的海洋。

火勢迅速封住了城門，盧橫帶著騎兵來到城門口時，杜襲等人已經退卻，全城陷入火海當中，盧橫才知道自己又中計了。

「撤！快撤出新野！」

盧橫挺槍縱馬，率先衝出城門，身後十餘騎剛衝出來，城門的門梁便倒了下來，一下子切斷了出口，將剩餘的兵馬全部堵在城裡。

新野城一共南北二門，北門被堵，華夏軍士兵便全部朝南門而去，一路上闖過火堆，抵達南門時，卻發現南門也被阻斷了，馬匹不敢靠近大火，城中熊熊烈火更是連成一條火龍，困住四千八百多華夏軍的騎兵，最後全部被活生生地燒死在新野城裡。

黃忠大軍因為攜帶著糧草輜重還有攻城武器，所以行進甚慢，快到新野時，看到新野方向火光衝天，黃忠大吃一驚，急忙帶著五百騎兵，撇下大軍，朝新野方向快速趕去。

抵達新野時，黃忠看到盧橫帶著殘餘的百餘名騎兵站在城外，個個面黑如炭，有的更是被火燒得衣衫破爛。

「怎麼回事？剛剛接到你占領新野的捷報，怎麼突然變成了一片火海？其餘的人呢？」黃忠厲聲問道。

盧橫滾鞍下馬，跪在地上，向黃忠哭道：「大將軍，其他人都被困在新野城裡，只怕凶多吉少……」

「你啊……某一路上提醒你不要輕易冒進，你就是不聽，新野變成一片焦土，四千多將士全部因你而喪命，你要某如何向皇上交代，向四千多將士的家屬交代？」

黃忠也是一陣後悔，如果當初自己不讓盧橫當這個前鋒，就什麼事情都沒有了。

盧橫一抹眼淚，道：「一人做事一人當，是我的錯，我不會連累任何人，四千多將士的性命，我盧橫無以為報，只能用這顆頭顱來向他們謝罪！」

話音一落，盧橫當即抽出手中佩劍，便要揮劍自刎。

只見寒光一閃，黃忠揮舞著九鳳朝陽刀將盧橫手中長劍擊落，怒道：「此戰雖說皆因你而起，可老夫是主將，也難辭其咎，此事我會如實上奏皇上，請皇上做出裁決。現在，暫時免去你軍中一切職務，到伙頭軍聽用。」

盧橫也不反駁，只是一臉的羞愧，加上滿腔的怨恨。

黃忠收拾殘局，將大軍駐紮在城外，第二天等火勢滅後，這才清理出四千多具被燒焦的屍體，全部埋在新野城外。

之後，大軍便駐紮在新野，不再向前進，靜候朝廷的聖旨。

新野之戰結束後，張遼、黃忠會師於新野，之後大軍向前挺進，開拔到朝陽縣城駐防，正式和漢軍的鄧縣形成了對峙，並按照高飛的旨意，故意放出兩個月後率領全國之師七十萬南下滅漢的消息。

另外，盧橫被高飛革職，黃忠也受到牽連，扣除一個月的俸祿，但盧橫仍留在黃忠軍中聽用，整個先鋒軍全權交給黃忠負責，張遼副之。

關羽、諸葛亮將大軍退到鄧縣一帶，數十萬從前線拖家帶口的民眾全部被漢軍送到襄陽一帶安置。當聽到華夏軍放出的消息時，諸葛亮和關羽商議之後，決定暫不上報，以免引起荊州百姓的恐慌。

但是，沒有不透風的牆，很快，華夏軍進攻的事便傳至襄陽，朝堂內一片譁然，群臣皆驚，一些大臣更是主動央求遷都南郡。

劉備坐在大殿上，耳邊響起群臣的話語，聽得他的心裡極為的不耐煩。

他站了起來，犀利的目光掃視過群臣，怒道：「我漢軍有水陸大軍三十萬，又兼有漢水之險，只要謹守漢水，就絕對不會有失。諸位都是我大漢的開國功臣，華夏國尚未發一兵一卒，你們就在這裡叫嚷著要遷都，是何道理？如今不過才丟失新野郡十縣之地而已，你們就害怕成這個樣子，一旦等到華夏大軍滾滾而來，你們是不是準備把朕殺了，舉國投降？」

說完，劉備拂袖而去。

「退朝！」宮人大聲叫道。

劉備走後，群臣莫不議論紛紛，徐徐退出朝堂。

丞相許劭並未動彈，站在那裡，看著滿朝文武沮喪的臉龐，也是嘆了口氣。

就在這時，他注意到一張面孔，那張面孔眉清目秀，白面青鬚，淡墨色的長衫罩在他健碩的身軀上，顯得極為儒雅。

整個大殿上只剩下他和那個人，許劭徑直走向那個人，笑問：「群臣皆退，公琰為何不走？」

「大敵當前，群臣不思如何退敵，卻先議遷都，公琰不敢苟同，準備一會兒去覲見陛下，將公琰心中所想一一告知陛下，但願能為國出一份力。」

說話這人，姓蔣名琬，字公琰，零陵湘鄉人，現任漢國諫議大夫。

許劭聽後，滿意地點點頭道：「若是群臣皆如公琰，君臣一心，同仇敵愾，華夏軍雖有百萬之眾也不足懼也！」

許劭伸手拍了拍蔣琬的肩膀，鼓勵道：「年輕人，好好幹，未來是屬於你們的……」

話還沒有說完，許劭便一陣猛咳，他掏出一方手帕，捂住自己的嘴，然後側過身子，看了一眼手帕後，眉頭一皺，急忙將手帕握在手裡，然後對蔣琬說道：「皇上不高興時，總是喜歡在御花園的涼亭裡坐著，你只管去找皇上，他現在最需要有人獻計獻策了。」

說完之後，轉身便朝殿外走了出去。

說話時，許劭的聲音明顯虛弱許多，步履亦艱難無比，但是他知道，他不能就此倒下去，他要撐著，親眼看到漢軍是如何退敵的。

蔣琬目睹一切，看到許劭咳出鮮血，一步步緩慢地走出大殿，然後在奴僕的攙扶下上了馬車。他心思縝密，自然不會不清楚，許劭是帶病上朝的。

蔣琬嘆了口氣，徑直朝御花園去了。

第四章

臥龍鳳雛

「貴客可曾聽說過一句話？」

「什麼話？」

「伏龍鳳雛，兩者得一，可安天下。」

「伏龍鳳雛是誰？」

司馬徽解釋道：「伏龍者，臥龍也，複姓諸葛，單名一個亮，字孔明，乃是後起之秀，其智謀、見識遠超過荊州諸人。」

御花園的涼亭裡，劉備還憋著一肚子的火氣，華夏國不過才說要發兵，這幫沒出息的大臣就要遷都，仗還沒打，在氣勢上就已經輸了。有道是輸人不輸陣，現在倒好，他是輸人又輸陣。

劉備正在氣頭上，見到一名宮人走了過來，便道：「何事？」

「啟稟陛下，諫議大夫蔣琬求見。」

「蔣琬？哪個蔣琬？」劉備困惑地道。這並不怪他，因為蔣琬調往京師，前後才不過三天而已。

宮人提醒道：「就是大司馬舉薦的那個蔣琬。」

劉備尋思了一下，恍然大悟，張飛確實舉薦過一個叫蔣琬的人，只是這陣子他一心關注戰爭的事，今天又被群臣氣了一下，所以一時沒有想起來。

這會兒記起來有這號人物，便道：「他有什麼事？」

宮人回答道：「啟稟皇上，蔣大人說他是來獻策退敵的。」

劉備正在一籌莫展之時，聽到宮人的話，急道：「快讓他進來。」

「諾！」

話說從頭：蔣琬是張飛在零陵發現的人才，起初舉薦蔣琬在一個縣裡擔任縣令，後來縣尉舉報蔣琬整日沉迷於酒缸裡，將所有的公務都置之不顧。

張飛一怒之下，親自策馬來到零陵，逼著蔣琬處理公務，結果蔣琬一日審理百案，將百餘天來所積攢的案子全部審理得合情合理。

張飛親眼見到，大吃一驚，這才知道蔣琬並非百里之才，於是乎將蔣琬調到身邊，擔任主簿。

張飛對蔣琬很關心，後來覺得蔣琬留在他的身邊太屈才了，便將蔣琬舉薦到朝中。

言歸正傳：蔣琬隨著宮人一起來到御花園，看到劉備坐在涼亭中，立刻前往叩拜。

劉備先是打量了一下蔣琬，見蔣琬一表人才，一副儒雅之狀，這才說道：「愛卿有何良策獻給朕？」

蔣琬道：「良策倒是沒有，只是來向陛下舉薦幾個人，或許可以幫助陛下退敵，僅此而已。」

劉備本來是滿臉笑容和一肚子的期待，聽完蔣琬的話後，笑意便收攏了起來，板著臉道：「你所舉薦的是何人？」

「臣聽聞荊州有一名隱士，複姓司馬，單名一個徽字，字德操，名士龐德公稱之為**水鏡先生**，水鏡先生就在襄陽城外，陛下何不去求教一二？」

劉備聽後，說道：「此人朕也聽過，只是從未得見，前幾次朕派人前去徵召，皆不就，不知道是何原因。」

蔣琬道：「陛下應該放下身段，禮賢下士，親自去見，或許能夠請出此等隱士。」

劉備當了幾年的皇帝，以前受凍受餓的事情早已忘卻了，端著皇帝的架子，冷笑一聲道：「你讓朕親自去請一個山野村夫？」

蔣琬開導道：「國難當頭，凡是可用之人，陛下應該不遺餘力的用，荊州人傑地靈，飽學之士更是多不勝數，只要陛下肯禮賢下士，必然能夠俘獲更多荊州士人的心。這樣的話，那些人自然願意為陛下所驅策。荊州名士，以龐德公最為出名，但是卻以水鏡先生的聲望最高，如果陛下能夠請出水鏡先生，只要水鏡先生一封書信，龐德公也必然會與之同來，那麼其餘的荊州名士自然會趨之若鶩。」

劉備聽後，只覺茅塞頓開，當即道：「言之有理。那朕現在就動身，你隨朕同去。」

「諾！」

言畢，劉備、蔣琬喬裝打扮一番便要出宮。劉備吩咐讓人抬著一擔金子，與其一同前往。

蔣琬見狀，急忙制止道：「陛下，水鏡先生並非是金石能請動之人，此等隱士，一般都自視清高。臣已經問清楚了，水鏡先生住在城西南漳，陛下不需要帶任何禮物，只要顯示出誠心誠意，必然能夠打動水鏡先生。」

劉備聞言，漸漸明白張飛為什麼將蔣琬舉薦給他了，此時此刻，他才覺得蔣琬確實非百里之才。

兩人化裝成普通百姓，各騎著一匹馬，沒有帶任何侍衛，便出了襄陽城，朝南漳而去。

「阿醜，聽說了嗎？華夏軍興舉國之兵，一共七十萬，水陸並進，準備來滅漢，襄陽很快就要成為戰場了。我聽說西蜀劉璋正在招賢納士，我準備舉家遷徙，你去不去？」

山間小道上，一個眉清目秀、身材高大的文士一邊走著，一邊對身邊一個長相醜陋的人說道。

那長相粗鄙的人年紀也就十七八歲，身形顯得很是短小，才一米五的個子，跟身邊眉清目秀的文士一比，簡直是相形見絀。

他聽到那名文士的話後，搖搖頭，態度堅決地說道：「劉璋無能之輩，非托身之地，蜀漢暗弱，早晚會被人取而代之。我不會去，我勸你也別去，否則的話，下次再見面，你我很可能就在戰場上了。」

「阿醜，你我朋友一場，我這是好心提醒你，你不去也就算了，幹什麼說要和我為敵？」文士極不高興。

「州平兄，我也是提醒你而已，如果你真的不想留在荊州，去揚州也不錯，東吳日益強大，比之蜀漢更有前途。」

被喚作州平的人姓崔，乃漢朝太尉崔烈之子，崔烈死後，便客居荊州，因崔烈和劉表有舊，所以劉表對崔州平也很厚待。後來，劉表去世，荊州動盪，崔州平便和幾位好友一起隱居起來，跟隨龐德公、司馬徽學習。

被喚作阿醜的人，乃是崔州平好友，姓龐名統，字士元。崔州平聽到龐統的話後，便立刻問道：「多謝。不過，你打算去哪裡？」

龐統笑而不答，崔州平還想問些什麼，便見兩個人騎著馬相向而來，正是劉備、蔣琬。

蔣琬見到龐統、崔州平，急忙上前問道：「請問草廬如何走？」

龐統、崔州平先打量了一下蔣琬，又看了看劉備，並不認識，但是見劉備時，只覺得劉備身上有些許貴氣，可也沒有多想，便隨手指了指身後不遠處，示意草廬所在的方位。

蔣琬拜謝後，翻身上馬，劉備、蔣琬便和龐統、崔州平擦肩而過。

劉備騎著馬經過龐統身邊時，看到龐統長得醜陋，目光中便帶著一種鄙夷，**只那麼一掃而過的光景，卻讓他與天下另外一個傑出的少年永久的失之交臂。**

四人擦肩而過，待劉備、蔣琬騎馬走遠後，崔州平對龐統說道：「阿醜，剛才那個沒下馬的，一身貴氣，而且天生異相，長相似乎很像一個人啊……」

龐統點點頭，淡淡地道：「耳大垂肩，手長過膝，目能自顧其耳，座下又騎著名馬的盧，除了當今的皇帝劉玄德，還能有誰？」

崔州平聽後，急忙回頭望去，可是劉備、蔣琬早已經不見了蹤影。

他扭過頭問道：「劉玄德來草廬幹什麼？」

「華夏軍揚言起大軍七十萬，兩個月後滅漢，雖然是謠言，但絕對不會空穴來風。華夏國先聲奪人，弄得荊州百姓人人自危，華夏國已經在氣勢上贏了，如果華夏軍當真南征的話，肯定不會盡起全國之兵，以我猜測，三十萬足矣。」龐統分析道：「劉備此次來草廬，定然是向水鏡先生問計來了。」

崔州平聽後，「哦」了一聲，便不再吭聲了。

過不多時，崔州平又問道：「阿醜，你說漢國會被華夏國攻滅嗎？漢國也有水陸三十萬的兵馬，三十萬對三十萬，未必會輸啊，何況臥龍又已經在漢國裡當官了，有他在，應該可以抵禦華夏國的大軍吧？」

龐統笑道：「州平兄，誰勝誰負，與我們何干？反正你不是要去西蜀嗎？荊州接下來的一年內，必然會戰火不斷，早走早輕鬆。」

「我只是隨口說說而已。諸葛賢弟獨木難成林，你難道不想去幫助諸葛賢弟一下嗎？你攻他守，**你主軍事，他主政，臥龍鳳雛，多完美的搭檔啊**，只要殲滅了來犯之敵，華夏軍嘗到了苦頭，必然不敢輕易來犯，那時候，你和諸葛賢弟就可以……」

「臥龍是臥龍，我是我，請你不要把我和臥龍混為一談。他走他的獨木橋，我過我的陽關道。劉備雖然被稱之為英雄，可惜荊州乃四戰之地，他又和東吳結下世仇，華夏國和吳國攻守同盟，此次華夏國若出兵南征，東吳必然會出兵援助，荊州危在旦夕，**臥龍自以為聰明，總想逆天改命，卻忘記了一個道理，那就是天怒難犯！**」

崔州平知道龐統和諸葛亮不對盤，兩人雖然齊名，但是卻因黃月英爭風吃醋，心結產生不是一天兩天的事了。

他嘆了口氣，自言自語地道：「不說了不說了，咱們去看月英妹子吧……」

「我還有事，你自己去吧。」龐統說完，轉身便走。

崔州平搖搖頭道：「你不去，我一個人去又有什麼意思？反正月英妹子又不會拿正眼看我。」

兩人分開後，崔州平徑直朝山中酒肆而去，他約了好友石韜、孟建一起喝酒，見龐統拂袖而去，也不在意，便去赴約喝酒去了。

龐統本來是想回家的，走到一半，忽而轉了方向，因為想起一件極為重要的事，便抄小道，重返司馬徽的草廬。

「陛下，隱士一般都隱居在青山綠水的地方，這草廬便是水鏡先生隱居的地方，臣打聽了好久才打聽到的。根據剛才那兩個少年的指引，再往前不到三里便可抵達草廬了。」蔣琬一手牽著馬轠，一邊拉著馬說道。

劉備也是採用步行，這裡山路難行，騎著馬反而不如用雙腳走。他聽了蔣琬的話，點點頭。

一會兒，兩個人便走到了山路的盡頭，但見前面有一片空地，幾間簡陋的房

子，在房子的周圍，還有一些開墾出來的田地，上面種著青菜。

蔣琬見狀，便指著前面的房子說道：「陛下，前面就是草廬了。」

「好，你去通傳一下，朕且在此歇息片刻。」

劉備一屁股坐在石頭上，大口喘著氣。

不等蔣琬動身，便見從草廬裡走出一個童子，童子徑直來到蔣琬、劉備面前，先是行了個禮，便道：「請貴客跟我進來吧。」

劉備、蔣琬對司馬徽的未卜先知甚為驚奇，兩人便跟在童子的身後。

這時，草廬內傳來嫋嫋的琴音，讓人聽後頓感舒暢，不知道為什麼，劉備的疲勞竟然被這樂曲所揮散，很快便恢復了精神。

劉備覺得甚是奇妙，跟隨童子進了草廬後，便聞到一股濃郁的檀香，只見一個松形鶴骨，器宇不凡，峨冠博帶的人正坐在那裡撫琴。

琴音忽然中斷，撫琴之人站了起來，朗聲道：「貴客臨門，請恕老夫未能遠迎，清風，給貴客看茶。」

「是，先生。」領劉備、蔣琬進門的童子應了一聲，便去給劉備、蔣琬各自倒了杯茶水。

「此乃自家種植茶葉，今年新採的，請貴客享用。」撫琴之人道。

劉備意不在喝茶，輕輕地呷了一小口，便放下抱拳道：「在下……」

「哦，貴客不必言語，你的來意我已經知道，只是，我一個山野村夫，無甚大才，恐怕不能為貴客排憂解難，還請貴客見諒。」

劉備狐疑地打量了一下撫琴之人，道：「水鏡先生真乃神人也！」

撫琴之人笑道：「貴客身分尊貴，能蒞臨草廬，已經使草廬蓬蓽生輝，只是，我一無出仕之意，二無王佐大才，所以……」

「先生既然已經知道我們的來意，也定然知道了我們的身分，現在坐在你面前的，正是我大漢的皇帝，陛下能如此禮賢下士，千古未有，先生……」蔣琬急忙說道。

「呵呵，不必多言，我雖然不能安邦定國，但是可以為貴客舉薦不世的奇才。**貴客軍中已經有了一個千古奇才，貴客何以不知足也？**」

撫琴之人，就是司馬徽，他打斷蔣琬的話，望著劉備，十分誠懇的說道。

劉備聽後，急忙問道：「誰？」

「貴客可曾聽說過一句話？」

「什麼話？」

「**伏龍鳳雛，兩者得一，可安天下。**」

「伏龍鳳雛是誰？」

司馬徽笑了笑，解釋道：「**伏龍者，臥龍也，複姓諸葛，單名一個亮，字孔明，乃是後起之秀**，其智謀、見識遠超過荊州諸人。」

「是諸葛亮？」

劉備頓時感到一陣驚詫，他清晰的記得，那是一個秋天，剛滿六歲的諸葛亮，隻身一人闖入他在夏丘的大營，舉族前來投效……

司馬徽見劉備陷入沉思，呵呵笑道：「貴客既然已經得到了孔明，那麼就應該知足，有孔明在，或許能夠保荊州不失。」

劉備想起最近的幾場戰爭，諸葛亮確實顯示出其高人一等的智慧，連連讓華夏軍敗績，即使在退走的時候，還不忘記用計殲滅華夏軍的有生力量。

只是，他對和諸葛亮齊名的鳳雛也極為感興趣，心想兩個人得到一個便可以安天下，那要是兩個全部得到了，他就能夠光復整個大漢的江山了。

於是，劉備開口問道：「多謝先生見告，只是不知道與臥龍齊名的鳳雛又是何人？」

司馬徽卻道：「貴客，切忌人心不足蛇吞象啊，我累了，就不留貴客了，貴客請便吧。」

劉備被下了逐客令，雖然心中一陣懊惱，但是他也明白，絕對不能得罪司馬徽，便帶著蔣琬離開此地。

司馬徽見劉備離開，朗聲道：「出來吧，人已經走遠了。」

聲音落下，龐統便從一張草簾的後面轉了出來，走到司馬徽的身邊，一屁股坐了下去，伸出手輕輕地撥弄了一下琴弦，笑道：「多謝你了。」

司馬徽和龐統私交甚密，兩個人又是亦師亦友，所以經常稱兄道弟，是一對忘年交。

「真搞不懂你，孔明已經在劉備處任職，如果你再去的話，兩人聯手，縱使華夏軍傾全國之兵，只要死守漢水，未必會輸。」

龐統笑道：「劉備被滅是早晚的事，孔明逆天改命，這是他的路，我要走的是我自己的路，一條與眾不同的路。」

說著，龐統便摸出一直懸掛在身上的玉佩，仔細地把玩了一番，自言自語地道：「我想，我也是時候啟程了，趁著華夏軍和漢軍開戰之際，我也該有一番作為啦。」

司馬徽只知龐統心懷大志，卻不知道他摸出玉佩的含義，輕輕拍了拍龐統的肩膀，說道：「**龍吟鳳鳴，臥龍蘇醒，鳳雛騰飛，到底誰能翱翔上九天，就看你**

們自己的造化了。」

正在華夏國和荊漢劍拔弩張的時候，西北的局勢也開始動盪起來，由於高飛兵分三路一起攻擊魏國，魏軍猝不及防，倉促應戰，曹操更是御駕親征。

華夏軍見吸引魏軍兵力的目的已經完成，在展開一連串的閃電戰後，便主動退回了靈州。但是，魏軍以防萬一，還是留下大量兵馬防守涼州。

曹操回到長安後，接到荊漢的國書，要求曹操同仇敵愾，一起對華夏軍發起攻勢。

曹操只是冷笑一聲，目光深遠的他已經看出了高飛的用意，於是秘密將涼州兵馬抽調回秦州，之後在涼州一番虛張聲勢，明修棧道，自己卻暗渡陳倉，帶著精銳兵馬進駐漢中，準備在高飛和劉備交兵之時，對盤踞在蜀中的漢國發起進攻。

與此同時，東吳的孫策也同意出兵荊漢，御駕親征，留下張昭總領朝政，以周瑜為先鋒大都督，舉二十萬之兵，水陸並進，分別將兵馬屯在柴桑、潯陽兩地，準備隨時對荊漢發動進攻。

東吳的用意，讓荊漢內部更加的惶恐不安，群臣莫不爭相上奏，請求遷都。

劉備大怒，當場格殺一名大臣，這才止住了這股歪風。

之後，劉備大膽提拔了諸葛亮，以諸葛亮為軍師、大都督，持節總督漢軍所有兵馬。

漢末以來，荊州一直穩定，由於劉表缺少爭霸的雄心，即使偶爾有戰爭，也均在外線作戰，戰火首次燒到了一派祥和的荊州。

在荊州人的心裡，認為他們將要面臨前所未有的空前大災難，一時間，襄陽城一帶的百姓紛紛南遷，或者是流竄到蜀中避難。

短短數日之內，襄陽城周邊的郡縣舉家遷徙的十之五六，一時間荊州局勢動盪，人心不安。

九月二十六日，大司馬張飛無詔從荊南返回襄陽，匹馬入城，直闖皇宮，宮門前的侍衛不敢阻攔，只能放其入內。

此時，劉備正在大殿內接見諸葛亮，連日來，他和諸葛亮經常促膝長談，對眼前局勢進行分析，如何布置兵馬，如何防禦，都有一番謀劃。

「皇上！皇上！」

張飛火氣衝天，一下馬，便闖入大殿，大聲地叫道。

劉備見張飛來了，便道：「三弟，你來得正好，朕正準備派人去長沙叫

你呢！」

張飛和劉備有幾年沒見了，自從知道劉備在他的丈八蛇矛上淬毒之後，他的心裡便一直有個解不開的結，他行事光明磊落，不知道大哥為什麼要這樣做。

幾年來，張飛一直和關羽、諸葛瑾待在荊南，每次關羽、諸葛瑾回襄陽時，他都不願意回去，他不想看見劉備，因為一看見劉備，他就會覺得劉備很卑鄙。**兄弟情誼早已在劉備淬毒的時候就發生了質變**，以前那種無話不談的兄弟早已不復存在了。

這幾年來，張飛逐漸明白了一個道理，那就是：**在劉備的心中，兄弟只不過是被利用的棋子罷了。**

只是，今時不同往日，華夏國、吳國都準備對荊漢用兵，在此國難當頭之際，他決定拋開一切恩怨，身赴國難。

「臣張飛，叩見皇上！」張飛畢恭畢敬地說道。

「三弟快快請起，咱們是兄弟，用不著行此大禮。」劉備急忙去攙扶。

張飛不等劉備的手伸到，便站了起來，恭敬地說道：「臣無詔回京，還請皇上責罰。另外，臣聽說華夏國、吳國對我國用兵，臣特前來請命，請皇上給臣一支兵馬。」

「三弟啊，朕……」

劉備伸出手想去攬住張飛的肩膀，不想張飛竟然主動的退後兩步，讓他的手落空了。

如此簡單的一幕，讓劉備的心裡產生了一絲疑惑，他皺了下眉頭，收回手，心中暗道：「三弟還是不肯原諒我，那件事，我真的做錯了嗎？」

諸葛亮目光犀利，看到劉備和張飛之間細微的小動作，**他不明白當年桃園結義被傳誦一時的三位英雄，如今為什麼會分道揚鑣，但是諸葛亮看得出來，他們的兄弟情誼已經很淡化了。**

他不禁沉思起來：劉備看似道貌岸然，又有點古道熱腸，還有點奸猾小人的味道，**能集眾多面貌於一身的人，劉備算是千古第一人，這個天生異象的人，心理面到底是怎麼想的，他竟然無法看透。**

「皇上，大將軍正在鄀縣構建防禦體系，如果大司馬再去的話，必然會事倍功半，臣以為，可以讓大司馬去鄀縣，和大將軍聯手抗敵。」諸葛亮建言道。

張飛知道諸葛亮是諸葛瑾的弟弟，他和諸葛瑾相處得十分融洽，所以對諸葛亮也很有好感。

劉備點點頭道：「好吧，三弟，你且去鄧縣，和二弟聯手抗敵，有你們兩個人在，朕的心就可以寬慰了。」

「遵旨！」張飛轉身便走，沒有絲毫的停留。

劉備見張飛遠去，輕嘆了一口氣。

諸葛亮見狀，走到劉備的身邊說道：「陛下，大司馬粗中有細，和大將軍在一起定然無礙，只是，吳軍不斷地朝潯陽、柴桑兩地增兵，田豫雖然在近年來表現不錯，卻無法阻擋吳國大軍，加上我軍兵力不足，無法對付兩國兵馬，不如……」

話說到一半，諸葛亮欲言又止，看了看劉備，最終把後半截話給吞了下去。

劉備見諸葛亮戛然而止，追問道：「不如什麼？」

「臣斗膽，如果說錯話，還請陛下恕罪。」

「朕赦你無罪。」

諸葛亮這才緩緩地道：「陛下可知道田單復齊的故事嗎？」

「自然知道。」劉備想了想，狐疑道：「愛卿莫非要效仿田單復齊，獨守孤城？」

諸葛亮點點頭道：「臣以為，我國總兵力達三十萬，與其分兵防守，不如集中所有兵力於襄陽，這樣的話，陛下指揮起來也方便許多，我軍背靠皇城，無需糧草運輸，但是敵軍卻源源而來，糧草供給不便，只要派出偏軍不時騷擾敵軍的糧道，久而久之，自然能夠讓敵軍不戰自退。就算敵軍能夠占據周邊的郡縣，一旦分兵，我軍便有機可趁，集中優勢兵力，將其各個擊破。只要能抵擋住華夏、東吳兩國的攻勢，我軍就有迴旋的餘地。西北的魏國未必肯出兵相助，所以，**這場戰爭只能靠我們自己了。**」

劉備知道，這是破罐子破摔，決一死戰的打法。但是與其分兵拒敵，被敵人各個擊破，不如將所有兵馬全部集中在一起，這樣的話，就會擰成一股強大的力量，足以抵擋住敵軍的攻勢。

「好吧，就這樣定了，頒布聖旨，詔令全國所有兵將全部退回到襄陽、江陵兩地。」

「諾！」

一個月後。

魏國，漢中。

曹操坐鎮在漢中的太守府內，見索緒從外面趕來，便問道：「怎麼樣？」

「啟稟陛下，華夏國、荊漢、東吳三方劍拔弩張，荊漢軍隊龜縮，全部集中在襄陽、江陵兩地，看來是想固守此兩座重城，決戰估計不久就會開始。」

「很好，密切關注華夏國和荊漢的戰爭動向，只要東方戰爭一起，朕就親自帶領大軍猛攻葭萌關，要開疆擴土，只有從蜀漢下手，東方三國混戰，朕就得隴望蜀，雄霸西土。」

「臣明白，臣已全部調集完畢，隨時可以參加對蜀作戰。」索緒道。

「很好，希望夏侯淵、程昱、劉曄他們能夠繼續在涼州牽制靈州的兵馬。」

「只要戰端一開，整個東方都會將視線集中在荊州，劉備勢孤，必然會被其所滅。高飛從靈州發兵，無非也是虛張聲勢，做到牽制我軍的兵馬，如果兩線作戰，只怕華夏國首尾不能兼顧。陛下儘管放心，即使夏侯將軍的計策被識破了，靈州方面也不會擅自進攻。」

索緒自從投降曹操以來，便一直備受信賴，當年他帶著兩萬大軍抵達長安，在平定了羌人的叛亂之後，又主動將兩萬兵馬交給曹操，自己單身一人回到漢中，單從這一點上來看，他就沒啥野心，所以，曹操稱帝之後，考慮再三，將大將軍的位置封給了索緒，以示對索緒的器重。

索緒擔任大將軍後，也不負眾望，嚴將嚴兵，又鼓勵改造兵甲，參與平定西域的戰爭，從西域學來淬鋼的技術，並且在軍中推廣帶血槽的彎形馬刀，一時間使得魏國軍隊的戰力提高不少。

正在這時，一名臣子進來報道：「叩見皇上，有一人在宮門外求見，怎麼趕都趕不走，那人拿出這枚玉佩，讓微臣轉交給皇上，說皇上見到之後，就會接見他的。」

曹操接過那枚玉佩，一看之下，登時一驚，急忙問道：「來人在哪裡？」

「就在太守府外面！」

曹操二話不說，當即朝門外走去，他本來是光著腳盤坐在蒲團上，此時由於太過開心，竟然忘了穿鞋。

太守府外，龐統雙手相互揣在袖筒裡，此時是嚴冬天氣，外面天寒地凍，雖然沒有下雪，可是寒風襲人，足以把人給凍壞。

他已經在寒風中站了一會兒了，臉色鐵青，加上身上的衣服較為單薄，所以身體開始瑟瑟發抖。

自從那次劉備去了草廬之後，他便向司馬徽辭別，同時辭別自己的叔父龐德公，獨自一人跋山涉水，歷時一個月，總算抵達了漢中。

不多時，曹操光著腳丫子從太守府內跑了出來，看到龐統，拿著玉佩走到龐

統的面前，問道：「這塊玉佩可是你的？」

龐統看到曹操在這麼冷的天氣裡竟然光著腳丫子跑了出來，深受感動，當即說道：「這塊玉佩確實是在下的，不過，現在應該完璧歸趙才對。」

曹操拍了拍龐統的肩膀，一把拉住龐統的手，笑道：「果然是你，沒想到一別數年，你竟然長那麼大了，當日若非你們的一餐之恩，又給我指點迷津，只怕我也不會有今日。」

龐統受寵若驚，沒想到曹操對自己沒有一點以貌取人的意思，長久以來，他因為自己的相貌遭到許多人的厭惡，可是今日，**他似乎在曹操的身上找到了共鳴。**

進入太守府後，曹操指著索緒道：「此乃我國大將軍索緒，這位是……」說到這裡，曹操忽然想起來，他從未問及過龐統的名字，便道：「我一時糊塗，忘記問你姓名了？」

「在下龐統，字士元，號鳳雛，荊州人士。」

「龐先生，你好。」索緒很有禮貌地說道。

曹操高興地將當年遇到龐統和龐德公的事情細述一番，對龐統很是感恩戴德，隨即安排酒宴，好生款待龐統。

入夜後，龐統躺在床上，想起諸葛亮逆天改命，只是為了能夠獲得一展雄才的舞臺，可是他偏偏選擇了劉備。

臥龍鳳雛本來是一對很好的朋友，同為智者，只是兩人同樣心高氣傲，誰也不服誰，所以上天註定要將兩個人分開，加上後來為了黃月英爭風吃醋，兩個年輕的智者逐漸走向了決裂。

曾經的朋友，現在的陌路人，但是在兩人的內心裡，都在向對方展示著自己的實力，如今諸葛亮已經掌握了荊漢大權，戰爭即將一觸即發，他要儘快取得曹操的信任，掌握魏國的大權，然後向強盛的華夏國正式發起挑戰。

「孔明，你是錯的，你一定是錯的，你應該很清楚，在這個時候選擇劉備，無疑是斷送自己以後的出路，劉備這一次必然會被滅掉，你又為何要強行如此呢？」

第二天，龐統去覲見曹操，禮畢後，說道：「啟稟皇上，龐統一身才華，有王佐之才，如蒙不棄，願意在皇上身邊驅策，早晚獻計，助皇上討滅蜀漢！」

曹操聽後，登時一驚，因為他從未和任何人說過他要發兵伐蜀，他看了一眼龐統，問道：「你是如何知道的？」

「這個很明顯，總之，如果要發兵攻打蜀漢的話，就應該趁現在，兵貴神速，容不得半點遲疑，皇上雄才大略，蜀中人心動亂，國勢衰弱，此次出兵必然能夠一舉平定蜀漢。」龐統道。

曹操聽後，見龐統時真心跟著自己的，便道：「好，既然你自詡有王佐之才，那麼給你一支兵馬，由你帶領，擔任前鋒，直取葭萌關！你需要多少兵馬，儘管跟我說。」

「一千足已。」龐統想都沒有想便道。

曹操冷笑一聲：「葭萌關乃蜀中門戶，守衛森嚴，豈是一千兵能破之？」

「別人也許不行，我龐士元一千足矣。七日內，若拿不下葭萌關，草民願意將這顆頭顱獻上。」

「此言不虛？」

「可立軍令狀！」

於是，曹操和龐統便立下軍令狀，曹操賜龐統節鉞，將倚天寶劍賞給龐統，調集精兵強將一千人，全部歸到龐統的帳下，但有不服者，立斬不赦。

當天，龐統便帶著一千騎兵離開漢中，朝葭萌關而去。

宛城。

經過一個月的充足準備，高飛已經做好了發動全面戰爭的一切準備條件，宛城成為整個征南大軍的後方基地。

高飛在宛城設下行轅，通過飛鴿傳書的傳遞手段，遙控指揮整個征南大軍。

除此之外，高飛還將樞密院搬到了宛城，與賈詡、荀攸、郭嘉、蓋勳四個人一起謀劃，又第一次設立旁聽席，准許參議院的田豐、荀諶出席聽證會，且讓張郃、陳到、李典、樂進、賈逵、令狐邵、郝昭也一起來旁聽，並且准許各抒己見。

高飛的參謀本部第一次是如此的龐大，一撥人商量來商量去，無非是何時出兵，從何處出兵的問題。因為前線陣地在鄧縣一帶，鄧縣背靠漢水、關羽、張飛等五萬精兵駐守鄧縣，又構建了一連串的防禦工事，可謂是銅牆鐵壁。

但是，再堅固的銅牆鐵壁，也會有一點瑕疵。

「根據黃忠傳來的消息，關羽、張飛在鄧縣布置了嚴密的防禦工事，漢國國內也調集了所有的兵馬聚集在襄陽、江陵兩地，看來是想打一場持久戰，這樣的話，我們就陪他玩玩。東吳大軍可曾回覆消息？」

「東吳方面回覆孫策已經做出決定，吳軍攻擊江陵，由我軍攻擊襄陽，兩軍

同時在十月二十三日發動對漢軍的總攻。」賈詡道。

「吳軍攻擊江陵，無非是看中了荊南四郡，想借機吞併荊南四郡和江陵，以臣來看，暫時可以先答應吳軍，我軍也按照約定，對漢軍發起總攻。但是，臣以為，做做樣子就可以了，讓吳軍猛攻江陵，必然會牽動襄陽的兵馬，然後我軍再進攻襄陽，讓吳軍停止進攻，如此反覆，可以讓漢軍在襄陽和江陵兩地之間疲於奔命。不出一個月，漢軍必然會無甚戰心。」郭嘉道。

「嗯，此法可行，陳琳記下。」高飛聽了，說道。

「只是，臣擔心一個問題。」荀攸遲疑道。

「什麼問道？」

「吳軍剛剛滅了越國，兵馬都沒有來得及休整，而且吳國的水軍都是輕便的小船，跟漢國的水軍比起來，只怕略有遜色，吳國外強中乾，而漢軍同仇敵愾，江陵城牆又厚，臣擔心吳軍攻不下江陵，反而會被漢軍反噬。如果真是那樣的話，漢軍必然會士氣高漲，只怕我軍的壓力就大大增加了。」荀攸道。

「嗯，分析的極有道理。」高飛讚道。

「陛下，甘寧的水軍已經進駐江都，可以讓甘寧溯江而上，將鐵甲戰船開到漢水裡，從而從水路進攻襄陽，加上甘寧的海軍陸戰隊也十分的驍勇，水戰、陸戰皆可，是一支奇兵，也是陛下手中的王牌。」張郃舉薦道。

「臣以為，不管是哪種策略，都是可行方案，但是最主要的是，怎麼樣將關羽、張飛趕到漢水南岸。臣覺得，可先讓虎烈大將軍對關羽、張飛發起進攻，司馬懿出任軍師將軍，一直未曾出過寸功，此時也應該是讓他一展拳腳的時候了。」田豐道。

隨後，群臣又對整個戰爭部署進行了一番商討，高飛只是做為聆聽者，聽到好的建議，便讓陳琳記錄下來，一個上午就在人聲鼎沸中過去了。

最後，高飛綜合了一下眾人的意見，制定了一系列的進攻流程，開始輪番對漢軍使出計策。

傍晚時分，被高飛秘密調到宛城的趙雲也已經抵達，一到達便立刻去覲見高飛，君臣二人摒退左右，單獨密商。

「我叫你來，你知道是什麼原因嗎？」

「臣大概能猜出十之七八。」

「且說說看！」

「如今大戰在即，關羽、張飛更是被放置在前線，皇上大概是想讓我去迎戰其中一人。」

「聰明！前次你擊敗了關羽，如果這次你再擊敗張飛，那麼你就是當之無愧的天下無雙了……」

「天下無雙不過是個虛名而已，臣要它沒用，臣只要盡心盡力的保護好皇上就好了。」

「你不爭搶，可是有人卻對這個虛名很在意。這次如果能夠活捉張飛，就儘量活捉，如果真的不能活捉，也不要太為難，我不希望失去一位兄弟。」

「臣明白，只是……張飛勇猛無匹，較之關羽更勝一籌，他的矛法更是出神入化，臣只怕難以抵擋，屆時需要有一個人壓陣，萬一臣命喪張飛之手，至少還有人能夠保護皇上……」趙雲說這話時，目光裡流過一絲傷感。

高飛道：「我不觀戰，你將張飛單獨引走，走得越遠越好，屆時我讓祝公平為你壓陣，如果有何不測，祝公平也能將你救出。放心一戰，別想太多。記住，你是最棒的，等打完這一仗，朕再也不會再為難你了。」

趙雲點點頭道：「那關羽呢？皇上準備交給誰來對付？」

「準備交給你的岳父！」高飛答道。

「不行！關羽刀法精湛，岳父大人年事已高，關羽正值壯年，豈能讓岳父大人如此冒險？臣懇請皇上收回成命，臣願意再戰關羽！」趙雲力阻道。

「子龍，你不覺得你太小看你的岳父了嗎？我以為，虎烈大將軍一點都不亞於關羽。」

「不行就是不行，岳父大人萬一有個什麼閃失，我要如何向娘子交代……還是臣來迎戰關羽吧，先戰關羽，後戰張飛……」

「哼！」突然，黃忠一身勁裝的走了進來，一進門便大聲叫道：「你未免也太小看你的黃某！」

趙雲聽到這個聲音，心中一驚，轉身看到黃忠走了進來，急忙拜道：「岳父大人，小婿……」

「我沒你這個女婿！」黃忠惱怒地朝高飛抱拳道：「皇上，把關羽交給我吧，臣會讓關羽知道什麼是刀王的！」

「岳父大人……」

高飛打斷趙雲的話，一改剛才力捧黃忠的態度，拉著黃忠的手，搖頭道：「黃老將軍，那關羽號稱美髯刀王，連昔日天下無雙的呂布也是他殺的，老將軍年事已高，我只怕老將軍會……」

「皇上！臣一點都不老，你摸摸，臣這身板還硬朗著呢，廉頗七十尚且不服老，何況我才五十歲，呂布我尚且不怕，何懼關羽?!」黃忠豪氣干雲地說道。

高飛沒有回答，故意吊黃忠胃口。

「皇上，臣甘願立下軍令狀，若不能擒殺關羽，臣甘願提頭來見！」黃忠也急了，他被高飛秘密召回，也不知道是什麼事情，剛才在門外聽到高飛和趙雲的談話，便衝了進來。

高飛道：「黃將軍，不要那麼激動，既然黃將軍已經決定了，那就讓黃將軍迎戰關羽。」

「皇上，這恐怕有所不妥吧？」趙雲急道。

「子龍！你若不服，我們現在就可以比過，看看是你厲害，還是我厲害！」黃忠氣得吹鬍子瞪眼，擼起袖子便要動手。

高飛趕忙拉住他道：「黃將軍不必如此，不要為了一個關羽，傷了你們翁婿的和氣。這樣吧，明日正式向鄧縣發起進攻，黃將軍去戰關羽，子龍去戰張飛，將他們二人單獨引出去，這樣的話，敵軍群龍無首，就會失去控制，然後讓張遼指揮大軍，將漢軍趕到漢水以南去！」

黃忠聽後，這才消氣，但是看著趙雲的眼神裡，依然有著一絲哀怨。

第五章

假途滅虢

孫策奇道：「甘寧不過是借路而已，公瑾怎麼……」

「皇上，此乃假途滅虢之計，如果甘寧真的朔江而上，沿長江一線，便可將我國境內虛實窺探清楚，以後若是我國和華夏國有何摩擦，只怕戰端一起，華夏軍便能勢如破竹。」

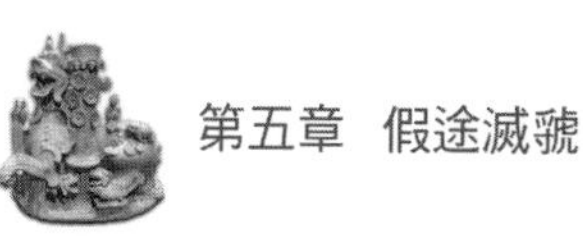

荊州，江夏。

漢軍不戰自退，田豫、嚴顏率領大軍從江夏退卻，一路退回襄陽，並且帶走了江夏所有的軍需物資，甚至一粒米糧都沒有留下。

江夏百姓也都是紛紛逃逸，本來富庶而又繁華的江夏，頓時成為一片荒涼之地。

江夏城頭上，吳軍大旗迎風飄揚，城內設立了行轅，吳國的皇帝孫策、大都督周瑜等人全部聚集在江夏的太守府裡，密商著事情。

「剛剛收到華夏國的飛鴿傳書，信中寫道讓我們進攻江陵，華夏國進攻襄陽，不知道眾愛卿是何意見？」孫策身穿龍袍，頭戴皇冠，環視坐在身邊的群臣道。

「理該如此，華夏國兵多將廣，襄陽城集結了二十萬之眾，這個硬骨頭應該留給華夏國來啃。我軍水陸並進，直攻江陵即可，江陵不過才十萬兵馬，我軍二十萬，就是一人吐一口吐沫，也能把江陵城給淹了。」衛將軍周泰首先道。

其餘將軍都跟著叫囂，圍繞在孫策周圍的，都是以前策瑜軍的將領，也算是孫策的舊部。

孫策這次動用了二十萬大軍，在選將上面，做了一番深思熟慮，他選擇自己的舊部，從而讓程普、黃蓋、韓當、祖茂等老一輩的將軍留守在國內，以孫權為攝政王，統領全國機要，讓張昭、顧雍、呂范、朱治、魯肅等人輔佐孫權。

單從這次出兵的情況來看，孫策是不想那些老將礙手礙腳的。吳國建立之後，他稱帝了，在朝廷的機制上還是延續漢朝的舊制，但也做了一些改革，比如說吳國不設立大將軍、大司馬、太尉等職，以大都督為統領全國兵馬的第一人選，通常擔任這個職務的人，都是孫策最信賴的，所以這個職務自然而然就落在了周瑜的身上。

孫策見周瑜始終沒有發話，便道：「公瑾，你怎麼看？」

周瑜道：「我軍自有我軍的路線要走，為什麼一定要聽別人的安排？漢軍全線龜縮，只守江陵和襄陽兩地，互為犄角之勢，哪一方先攻，哪一方就會受到巨大的挫折。我軍雖然和漢軍有不共戴天之仇，但是也不能操之過急，這麼多年都等了，難道還在乎這一時嗎？」

「你的意思是？」孫策不解道。

「**分兵兩路，先取荊南四郡**，只要占領荊南四郡，我軍就等於對漢軍形成半包圍，之後便養精蓄銳，暫時不行動，等待華夏軍發起進攻後，我軍再連同江夏

在內，發五郡之兵，齊攻江陵。現在荊南四郡已經沒有漢軍了，儘管出兵占領，一郡一萬人，其餘兵馬向江陵進發，只圍不攻。」周瑜道。

孫策聽後，點點頭道：「荊州本來就應該被我們所攻取，就算華夏軍戰勝了，奪下襄陽之後，我軍也已經襲取了整個荊南，荊州一人一半，合情合理。」

這時，董襲從外面趕來，抱拳道：「啟稟皇上，華夏虎衛大將軍甘寧，率領五萬水軍溯江而上，想借路我國水路到達襄陽。」

「甘寧水軍現在何處？」孫策急忙問道。

「還在江都，暫時還沒有出發。」董襲答道。

「給甘寧回信，就說我國江防非商船不得入內，讓其改走淮水。」周瑜斬釘截鐵地說道。

孫策奇道：「甘寧不過是借路而已，公瑾怎麼……」

「皇上，**此乃假途滅虢之計**，如果甘寧真的溯江而上，沿長江一線，便可將我國境內虛實完全窺探清楚，以後若是我國和華夏國有何摩擦，只怕戰端一起，華夏軍便能勢如破竹。」

孫策聽後，也覺得後果嚴重，便對董襲說道：「按照大都督說的辦，不得讓甘寧進入我國疆域，如果要去襄陽，讓他改走淮水。」

「皇上，臣以為，讓甘寧借路也無妨，淮水不通襄陽，何況甘寧的水軍如果能夠順利抵達襄陽，對華夏軍和我軍來說都有極大的利害關係。此時華夏國和我軍正在聯手抗敵，應該同心協力才對，至於之後的事，那就另當別論。就算甘寧窺探了我軍江防又如何？皇上可以通知沿江防軍，暫時隱匿起來，這樣的話，或許可以暫時避過甘寧的窺探。」

說話之人甚是年輕，但是身材健碩，站在大廳的角落裡，左手按住劍鞘，身體挺得筆直，雙眼也甚是明亮。

孫策、周瑜同時看了一眼那人，齊聲問道：「你是何人？」

那人抱拳道：「末將**呂蒙**，字子明，現任積弩校尉，拜見皇上、大都督。」

「你什麼時候進來的？不知道擅自闖入是死罪嗎？」周泰質問道。

「末將一直都在，是眾位沒有發現而已。」

這時，孫策注意到呂蒙手中的那柄劍，眼前一亮，問道：「鄧當是你什麼人？」

「是末將的姐夫，蒙皇上隆恩，末將才有幸接替姐夫之位，成為積弩校尉。」呂蒙答道。

孫策哈哈笑了起來，說起鄧當，他就想起來了，道：「原來你就是鄧當那個

打架不要命的妹夫，很好，很好……」

周瑜道：「呂蒙，你剛才說的話，可有誰教你嗎？」

「末將自己想的，無人教授。」

周瑜笑道：「很好！你說的也極有道理，現在正是聯手抗敵的時候，甘寧的水軍不僅對華夏軍有幫助，對我軍也有莫大的好處……」

說完，周瑜便附在孫策的耳邊，小聲說了一番。

孫策點點頭道：「呂蒙，大都督舉薦你當橫海將軍，並且讓你去完成你剛才所說的話，朕給你半個月的時間，長江防務都交給你，**如何瞞天過海，騙過甘寧，就看你的了。**」

呂蒙聽後，當即跪地拜道：「多謝皇上隆恩，謝謝大都督提拔！」

兩天後，吳軍按照和華夏軍的約期，對漢軍採取了軍事行動，分兵四路直取荊南四郡，孫策、周瑜率領十五萬大軍向江陵進發，水陸並進，聲勢浩大。

華夏軍也開始展開對漢軍的作戰，高飛親臨前線，指揮前線兵馬，對駐紮在鄀縣的關羽、張飛發起了進攻。

與此同時，西魏和蜀漢的戰爭完全爆發，龐統以一千精兵智取葭萌關，打開了入寇蜀漢的門戶。

西元一九六年，十月二十六日，所有割據一方的霸主展開了全面的戰爭……

寒風怒號，冰冷的空氣吹拂著人的臉龐，如刀的烈風像是要將人撕裂了一樣，漢水北岸，兩軍對壘，每個人都虎視眈眈地仇視著對方。

陰霾的天空下，高飛身上披著五花戰袍，內襯堅硬的鋼甲，頭上戴著紋有九條龍的金色頭盔，腰中懸掛著一把遊龍劍，胯下騎著一匹驊騮，身後黃忠、趙雲、張遼、張郃、文聘、陳到、盧橫等人一字排開，顯得是那樣的威風凜凜。

賈詡、荀攸、郭嘉、田豐、荀諶、司馬懿、司馬朗、賈逵、蔣幹、陳琳等人各自排列在一個五百人保護的軍隊裡，向遠處眺望。

寒風獵獵，吹得人直打冷顫，高飛只覺得身體開始有些僵硬，注視著對面的關羽、張飛，心情卻是如此的沉重。

從認識關羽、張飛開始，高飛就一心想收服他們，可是時至今日，當他們再次見面的時候，沒想到會又一次站在戰場上。

到底是天意弄人，今時今日，他已經做好了最壞的打算。如果再一次抓到關羽、張飛，他們仍不肯降，那也只有殺之了。

高飛策馬向前走了兩步，大聲地喊道：「雲長兄、翼德兄，能夠再次見到你們，真是實感榮幸，只是沒想到，我們依然是敵對的雙方。十二年了，我們相識已經整整十二年了，也應該有個了結了。」

關羽上次放了張遼，這個恩情已經還給了高飛，所以對高飛沒有什麼羈絆，但是張飛不一樣。只見他策馬向前，提著丈八蛇矛，慢悠悠地走向高飛，在華夏軍的弓箭射程外停下，喊道：「高子羽，可否借一步說話？」

「主公，張飛勇猛無匹，千萬不可輕去……」張郃叫道。

不等張郃把話說完，高飛便朝前策馬而去，他信賴張飛，覺得張飛不會趁人之危。

趙雲見了，急忙跟在高飛的身後。

高飛似乎知道趙雲會跟著，扭頭道：「任何人不得靠近，違令者斬。」

趙雲無奈之下，只得退回原處。

高飛來到張飛面前，笑呵呵地道：「翼德兄有何見教？」

張飛五年內沒有太多變化，還是一樣的容貌，只是眼神中流露出一絲愧疚，拱手道：「五年前的事，是我對你不起，在我矛上淬毒之人，是我的部下，已經被我殺了。還有，還記得當年我們在軍營內比試嗎？一直沒有分出高下，今日，我想與你再比試一番，不知你意下如何？」

「可以，不過，我沒帶我的遊龍槍，可否步戰？」高飛想都沒想，便答應了下來。

「嗯。」張飛點點頭，翻身下馬，愛惜地撫摸了一下座下的烏雲踏雪馬，然後對騎在馬背上的高飛說道：「這匹馬是你送的，一直跟在我的身邊，今日且將牠歸還給你，以後欠你的，我會慢慢還給你。」

「不用了，此馬已經是你的了，寶馬贈英雄，翼德兄當之無愧。」

「可是……」

高飛翻身下馬，手探到遊龍劍上，寶劍尚未出鞘，紅光便自劍鞘而出，離鞘寸許，劍氣沖霄而起，猶如驚天遊龍，在陰霾的天空下，數以萬計的將士眼前亮出了自己的寶劍。

張飛見後，怔了一下，道：「好劍！此劍何名？」

「遊龍。翼德兄若是喜歡，也可以一併贈予翼德兄。」

「免了，現在讓我們分出個勝負吧，點到即止。」張飛道。

高飛當即用劍在地上畫出一道痕跡，開始舞劍，一邊喊道：「翼德兄，開始吧。」

張飛見狀，會意過來，挺起丈八蛇矛便在那道劍痕的另一側也舞動起來，兩

人各自舞動各自的，在萬軍面前展開了一場耐人尋味的爭鬥。

高飛劍光重重，張飛槍影撲朔，所有招式都是點到為止，自始至終，都未從有過碰撞，在萬軍面前，兩個人似乎是在各自耍弄著各自的招式，卻不像打架。

只有明眼人才看得出來，**這是在靠意境比試**，他們雖然沒有碰觸，可是在他們兩個人的腦海裡，卻已經碰撞了不知道多少次了。

高飛的劍法總算沒白學，使用起來惟妙惟肖，頗有大家風範。張飛耍的槍法剛中帶柔，也是別有一番味道。

四十招過後，兩人依然還在烈風中兀自舞動著，看得兩軍的將士一陣茫然。

戰場上，十幾萬大軍站在那裡，他們兩人在當中舞得不亦樂乎，全然將周圍的人當成了空氣。

關羽實在看不下去了，大喝一聲道：「三弟，夠了！」

吼聲如雷，傳到張飛的耳朵裡時，張飛並沒有理會關羽，反而對高飛說道：

「高子羽，見識一下我的破軍煞！」

話音一落，丈八蛇矛突然沖天而起，張飛虎軀一震，也騰空而起，抓住丈八蛇矛後，便在空中一個空翻，整個人越過地上的界線，丈八蛇矛突然分化成許多個影子，將高飛全身罩住。

高飛分辨不出何為真身，遊龍劍揮舞一圈，只覺得周圍都是硬物，發出了刺目的火花和刺耳的劍鳴聲。

就在這時，突然一條軟如長蛇的長矛從正中刺了過來，直指高飛的心窩。

「我命休矣！」高飛沒想到張飛會突下殺手，愣在當場無法抵擋，終究他還是不如張飛。

正當他想要閉上眼含笑領死的時候，張飛卻突然停止，快步退了回去，竟然沒有去刺高飛。

「你一共放了我兩次，上次我丈八蛇矛淬毒的時候，我沒有狠下心殺了你，也就算是放了你。這次，我仍然沒有殺你，你對我的恩情，咱們算是兩清了。」

張飛將丈八蛇矛插在地上，朗聲道。

「不！你欠我的，永遠都還不完。而且，這次你是勝之不武，我不服。」

「怎麼勝之不武了？」

「說道點到即止，前面咱們相互保持距離，只拼招式，可你卻突然越界了，我一時沒有防備，所以才……」

「兵不厭詐，你應該比我更懂。」

「我把你當作兄弟看待，你卻利用我達到目的？」

「隨你怎麼說，總之我們兩清了。」張飛跳上馬背，挺著丈八蛇矛，朗聲道：「漢軍大司馬張翼德在此，不怕死的儘管上來！」

聲如洪鐘，震懾大地。

「我來會你！」

趙雲挺著一桿長槍，騎著一匹白色的獅子驄挺身而出，他一臉的剛毅，手中拿著的長槍也分外森寒，槍頭呈菱形，帶回鉤，通體精鋼製成，無堅不摧，名為「暴雨滅魂槍」。

張飛見趙雲出陣，當即笑道：「妙極。」

話音一落，策馬飛奔而出，丈八蛇矛朝趙雲身上便是一陣招呼。

「金蛇狂舞！」

張飛出手便是殺招，但見丈八蛇矛一分為好幾個，矛頭猶如長蛇吐信，呲牙咧嘴般的撲向了趙雲。

趙雲手持暴雨滅魂槍，當即便施展出暴雨滅魂槍的第一式「暴雨梨花」，但見槍矛相互碰撞，濺出了許多火花。

這邊高飛已經退了回來，黃忠見趙雲和張飛交上手，一開戰雙方便施展出畢生所學，他看到對面的關羽騎在赤兔馬的背上，不時還捋一捋長髯，便心中來氣，策馬而出，咆哮道：

「關雲長！敢和我一戰否？」

關羽見黃忠手中提著一柄精鋼製成的大刀，胯下也是一匹獅子驄，只是顏色不同，鬍鬚花白，面相上也略顯蒼老，便叫道：「你已經是將要入土的人了，且退下，關某也不為難你，讓你多活幾年。」

黃忠聽後，不禁心中來氣，罵道：「汝如此羞辱我，看我不砍掉你的狗頭當夜壺！」

關羽聽後，一陣大怒，他雖然知道來的人是黃忠，但是未曾與他有過一次戰鬥，加上他心高氣傲，根本不把黃忠放在眼裡，所以拍馬舞刀，直取黃忠，想一刀將黃忠斬於馬下。

黃忠揮舞著九鳳朝陽刀，立刻便施展出此生所浸淫的刀法，面對關羽，非但沒有膽怯，反而勇氣倍增。

「錚！」黃忠、關羽在交馬的一瞬間，雙刀便鬥在一起，兩個人的刀柄都發出了一陣嗡鳴。

「這老頭臂力好強啊……」關羽暗暗思索道：「華夏國五虎大將，除了趙雲，其餘的人都不是某的對手，今日若能取了黃忠的人頭，必然能夠挫敗華夏軍

的銳氣。」

思索一番後，關羽抖擻精神，正式迎戰黃忠。黃忠也不甘示弱，越戰越勇，和關羽打得也是不可開交。

這時候，天空中飄下白茫茫的雪花，兩軍陣前，關羽、張飛分別迎戰黃忠、趙雲，相互戰鬥幾十回合，絲毫沒有一點要分勝負的樣子。尤其是關羽和黃忠，雙刀演繹的更是出神入化，看得兩軍將士都是心血澎湃。

高飛趁著這個空檔，注意到敵軍都被打鬥所迷惑，便喚來司馬懿，問道：「你可有破敵之策？」

司馬懿看了看前面的戰場，思慮了一會兒，道：「關羽、張飛將五萬大軍全部擺放在這裡，背靠漢水，看來是想背水一戰。不過，此一時，彼一時。背水一戰只能用於絕境逢生的場合，而今漢水的南岸尚且有許多漢軍，只要我軍發動總攻擊，敵軍抵擋不住，自然會向後退卻。」

「嗯，繼續說。」高飛聽後，覺得和自己之前在樞密院擴大會議上制定的戰術基本吻合，便點了點頭。

司馬懿「諾」一聲，繼續說道：「聖上請看，關羽將騎兵布置在大軍的側後翼，正中間是步兵，弓箭手的方陣在步兵的側前翼，擺出了鶴翼陣，此陣可攻可守，攻守兼備，如果我軍貿然發動進攻，漢軍的側前翼就會先以箭矢進行阻撓，然後邊戰邊退，空出一條路放側後翼的騎兵出擊，同時配合弓箭手展開防禦，中間步兵方陣也會舉著盾牌向前衝，對我軍而言，只怕會有所傷亡。」

高飛道：「那以你之見呢？」

「鶴翼陣最主要的是配合默契，騎兵方陣、中央步兵方陣以及弓箭手所組成的方陣相互協調配合，才能發揮出最大的威力，但是，萬變不離其宗，鶴翼陣主要以步兵方陣為中堅力量，只要以騎兵猛攻中間的步兵方陣，將其一分為二，則此陣便失去了協調，再各個擊破，便不再難了。臣以為，當先派出四支兵馬，兩支正面進攻，兩支迂迴到側翼，猛攻漢軍的兩支弓箭手組成的方陣，以達到吸引兵力的目的，然後再同時派出精銳兵馬，衝擊步兵方陣，必然能夠一戰而定。」

司馬懿詳細的分析道。

高飛不多想，急忙叫來張遼、張郃、文聘、陳到、盧橫五個人，對五個人吩咐了一番，五人各自策馬而去，回營點齊兵馬。

盧橫雖然被罷黜了官職，但是此等大戰，正當用人之際，高飛便暫時授予盧橫破賊校尉的官銜，讓其率領兩千五百名騎兵做好準備，跟張遼、張郃、文聘、陳到四個人一起行動。

天空越發地昏暗下來，天空中開始飄下雪花，雪花紛紛揚揚飄舞著，不一會兒，地上便被罩上一層薄薄的白色。

此時，趙雲和張飛、黃忠和關羽正打得難解難分，十餘合過後，趙雲突然撥馬向東而去，出言不遜的激怒張飛，張飛鬥志正酣，想都沒想，便策馬追了出去。

不多時，黃忠也故意表現出體力不佳，策馬向西遁去，但是關羽並未追去。

黃忠見狀，取出拴在馬鞍上的一張黃金大弓，將九鳳朝陽刀夾在馬背上，取出一支箭矢，看都沒看，猛地一拉弓，一箭便朝關羽的頭顱上射了過去。

關羽見狀，揮舞著青龍偃月刀斬斷了黃忠射來的箭矢，又聽到黃忠喋喋不休的叫罵聲，不禁怒火攻心，拍馬舞刀，大叫著便追了過去。

黃忠見關羽不容易上鉤，便邊戰邊退，逐漸地將關羽引出戰場。

漢軍陣營裡，霍峻、呂常、王甫、董和等將見了，驚愕不已，關羽、張飛同時被引走，他們也陷入了無人指揮的境地。

就在這時，隨著華夏國皇帝高飛的一聲吶喊，四支騎兵部隊同時出擊，盧橫、陳到各引兩千五百名騎兵伏在馬鞍上，每個人的手中都暗藏著一支連弩，除此之外，還攜帶著一柄馬刀，朝著漢軍的營地便衝了過去。

漢軍戒備森嚴，所部大部分都是關羽的部下，所以配合起來十分的有默契，一見到華夏軍的騎兵衝了過去，守在最前面的弓箭手便紛紛射箭。可是，華夏軍的騎兵都在鐙裡藏身，漢軍士兵便將箭矢全部往騎兵身上招呼。

「放箭！」

隨著一聲吶喊，漢軍萬箭齊發，密集的箭矢射倒了一片衝在最前面的騎兵，立刻人仰馬翻，有的被馬匹掀下馬背，被後面的騎兵給活活撞死或者踩死，但饒是如此，華夏軍後面的人絲毫沒有停止衝鋒，距離漢軍也越來越近。

盧橫、陳到等人都屏住了呼吸，看到離漢軍越來越近了，漢軍士兵的第二波箭矢又放了出來，箭矢從盧橫、陳到的身邊擦過，差點沒被射死。

與此同時，文聘、張郃的兩支兵馬也從側翼對弓箭手的方陣進行猛攻，同樣是每個人各引兩千五百人，在經歷了兩撥敵軍的箭矢後，僥倖活下來的騎兵便連同盧橫、陳到的騎兵一起衝向了弓箭手的方陣。

這時候，弓箭手的方陣明顯慌了神，急忙向後退卻，生怕被衝過來的騎兵斬首了，同時還不忘記給後面的漢軍騎兵讓開一條道路。

近了，又近了。

當華夏軍的騎兵闖入連弩的射程範圍內時，張郃、文聘、陳到、盧橫四個人

所帶領的一萬士兵只剩下五六千人，但偏偏是這五六千人，卻每個人都拿著兩個連弩，左右開弓，二十支弩箭齊發，在最有效的距離內，穿透力極為的驚人，射倒了前面一大片漢軍。

連續扣動五次機括，將連弩箭槽內裝載的五十支弩箭全部射完，隨後，抽出身上攜帶的馬刀，踐踏著地上的一片死屍，很快便和漢軍出擊的騎兵迎面撞上。

「轟！」

一聲巨響，衝在前排的騎兵十之七八都被撞得人仰馬翻，不過也只這一瞬間，後面的騎兵便開始真刀真槍的拚了起來，兩軍陷入混戰。

漢軍兩翼的騎兵逐漸地對張郃、文聘、陳到、盧横等人形成了包圍之勢，而步兵方陣也開始移動了，分別去兩邊增援，祈求儘快消滅來犯之敵。

可是，一支隱匿在軍中的另外一支騎兵已經嚴陣以待，華夏軍的步兵方陣「嘩」的一聲，便讓開了一條巨大的道路，一排用鐵索鎖著，身上裹覆著鋼鐵的重甲騎兵挺著長達三米的長矛便衝了過去。

張遼也換了一身行裝，從頭到腳都武裝起來，冰冷的鋼鐵緊貼著皮膚，外面寒風呼嘯雪花飛舞，這樣冰冷的天氣裡，突然間出現一支重裝騎兵，無疑給了漢軍心理上一個沉重的打擊。

「鐵浮屠？」

當看到華夏軍出動昔日橫掃河北以及中原的終極軍團時，漢軍的心徹底動搖了，每個人都心生畏懼。

漢軍在漢水邊立下的大營裡，杜襲正在高處眺望，當看到被譽為戰無不勝的「鐵浮屠」出現時，立刻下令道：「快備好船隻，隨時準備撤退。」

就是這樣一個不經意的小舉動，在不久之後，造成漢軍在漢水北岸的徹底潰敗。

鐵浮屠出現了，沉重而又緩慢的向前行駛，之後，在前進的過程中，鐵浮屠的長度從最開始的一排十人增加到一排兩百人，清一色的裝備和武器，整齊的步伐，邁著蒼勁的步伐，朝著漢軍的步兵陣營衝了過去。

「是華夏軍的鐵浮屠，這仗怎麼打？」

霍峻見到之後，未免有點擔心。他雖然是第一次親眼見到傳聞中的鐵浮屠，但是所造成的心理障礙，依然存在他的心裡。

五千名騎兵，每每前進十米，便有一隊騎兵增加到第一排排開的隊列當中，

漸漸地，一千人排成了整整齊齊的一排，前後五排，像是五道無法逾越的鋼鐵之牆，虎視眈眈地朝著漢軍衝了過去。

「轟！」

殺戮！屍體！踐踏！

鐵浮屠一經出現，便立刻以絕對的優勢主導了整個戰場。

張郃、文聘、陳到、盧橫等人浴血奮戰，勇氣倍增，高飛於這個時候發動了全面的進攻，數以萬計的華夏軍進行著瘋狂的衝刺。

天昏地暗、血流成河，**地上只有白色的雪和紅色的血**。

杜襲在後軍，見漢軍抵擋不住華夏軍的進攻，第一個帶著本部兵馬乘船渡河，隨後奔到河岸的漢軍紛紛爭先恐後的上船。

但是，船隻較少，根本滿足不了數萬人同時渡河，你爭我奪，一些船隻人滿為患，還沒開船，便已經側翻在漢水當中，冰冷刺骨的河水讓失去了勇氣的士兵倍感煎熬，許多人本想游到岸邊，可是卻遇到從前面退下來的士兵，一番踐踏，立即死傷無數。

霍峻、呂常眼見敗局已定，漢軍又混亂不堪，便率領本部三千人橫在中間，斬殺百餘人，才止住了一小片的安定，身先士卒，率領漢軍迎擊華夏軍。

高飛拿著望遠鏡觀望整個戰場，當看到漢軍不斷有人掉進漢水中，沉入水底時，以及戰場上死傷一片的殘肢和血跡時，不禁嘆道：「一將功成萬骨枯，大概就是這個樣子吧？」

當他看到霍峻、呂常率領本部兵馬和華夏軍激戰，指揮若定時，便下令道：「敗局已定，卻猶自酣戰，指揮若定，將才也！傳令下去，將那兩個人生擒活捉，切勿傷及性命！」

傳令官當下去傳令了，過了沒多久，張郃生擒了霍峻、文聘生擒了董和、陳到生擒了王甫、盧橫生擒了呂常，張遼驅使兵馬掩殺，將所有漢軍趕到漢水河岸，逼他們全部被迫投降。

雪越下越大，不多時便轉成了暴風雪，剛剛經歷過戰鬥的地方已經是白茫茫的一片，地上的血跡再也尋不到蹤跡。

漢水裡，許多漢軍不是被淹死就是被凍死，除了杜襲的那一路軍馬毫髮無損的撤到了南岸外，其餘的漢軍士兵不是被俘，就是為國捐軀了。

五萬守軍如此輕而易舉的便被華夏軍給擊潰，荊漢的水軍往來在漢水上，搜救著存活的士兵，卻不敢靠近北岸，只能眼睜睜地看著被俘虜的同伴讓華夏軍帶走。

高飛傲立在風雪當中，賈詡、荀攸、郭嘉、田豐、荀諶、司馬懿等人都環繞在他的周圍，看到張郃、文聘、陳到、盧橫各自押著一個生擒的人回來，便笑道：「我華夏雄師無敵，只動用了一萬五千人便擊潰敵方五萬大軍，荊漢不過如此，諸葛亮也不過爾爾嘛！哈哈哈……」

「跪下！」

張郃等人將霍峻、呂常、董和、王甫按在雪地上，跪在高飛的面前。

霍峻、呂常、董和、王甫都是關羽身邊的心腹，此時全體被抓，對高飛恨之入骨，目光中充滿了仇視。

高飛先詢問了一番四人的姓名，知道後，便道：「劉備氣數已盡，我華夏天威到此，你們應該早早歸降。今日被俘，若是降了，可免一死。」

「吾等皆願引頸就戮，還望成全。」霍峻、呂常、董和、王甫四人異口同聲地道。

高飛聽後，不置可否地道：「壯哉！暫且將此四人收押，等一會兒擒獲了關羽、張飛，再行處置。」

士兵便將霍峻、呂常、董和、王甫四個人帶走。

這時，張遼從前線跑了回來，解下厚厚的戰甲，一身勁裝，上前跪拜道：

「啟稟皇上，此戰我軍殲敵三千，俘虜兩萬，尚有一萬多人全部溺水而亡，五萬大軍逃到南岸的約有一萬一千多人。」

高飛早就注意到了，第一個逃走的是杜襲，那傢伙一見形勢不妙，跑得比誰都快，如果杜襲不是帶頭先跑，而是穩住後軍的話，或許這場戰鬥還要再打很久。說句實話，高飛很感謝杜襲，因為他這一跑，使得整個漢軍得以快速地全線潰退。

「我軍傷亡如何？」

「戰死兩千三百人，傷三千八百人。」張遼將戰況做了統計，回道。

「很好，文遠，披掛上馬，帶上你的武器，和眾將一起隨我去抓關羽、張飛！」

「諾！」

高飛調轉馬頭，對賈詡道：「太尉大人，這裡就交給你了。司馬仲達，隨我同去！」

言畢，高飛便策馬而出，張遼、張郃、陳到、文聘、盧橫、司馬懿尾隨著高飛，一行人迅速向後軍奔馳而去。

按照高飛制定好的作戰方案，趙雲、黃忠分別引開張飛和關羽，先向各個不

同的方向去，然後折道向北，最後再會合在一起。

野豬林的邊緣，趙雲和張飛正在憨鬥，你來我往，槍矛並舉，每一回合打得都驚險萬分，兩個人鬥了上百個回合，趙雲已經開始喘著粗氣了，可是張飛像是打了雞血一般，十分興奮，兩眼怒睜，鬚髮倒張，雖然天寒地凍，他卻是滿頭大汗。

此時天空中暴風雪不斷下著，兩個人的身上卻因為凝聚了真氣，因而沒有一粒雪花，即使有雪花落下，在即將落在他們的身上時，便會被一股強烈的氣勢給震開。

在這種惡劣的天氣裡，張飛座下的烏雲踏雪馬表現出了超常的發揮，牠似乎很喜歡這種天氣，健碩的四蹄在雪地上奔跑如風，留下一行行足跡，隨即被落下的雪花覆蓋，踏雪無痕也不過如此。

反觀趙雲那匹白色的獅子驄，鬃毛曳地，同樣健碩的四蹄，每落在地上一次，便會砸出一個深深的馬蹄印，雪一經被踩住，地上便是一片泥濘，長長的鬃毛混著地上的泥漿，使得整匹馬變得又髒又灰，只見獅子驄極不樂意的吐著粗氣，好像是在抱怨這個鬼地方。

黑臉虬髯的張飛，白面俊俏的趙雲，兩個人形成了強烈的反差，此時暮色四合，天色越來越晚，**兩人的戰鬥已經演變成人與人以及馬匹和馬匹之間的角逐。**

張飛騎著烏雲踏雪馬，行動異常迅捷，忽左忽右，忽前忽後，丈八蛇矛漫天飛舞，毫無章法、毫無套路可言的矛法，逼得趙雲只有招架的份。

又是十個回合過去，張飛越戰越勇，趙雲卻越來越弱。就在這時，黃忠匹馬奔至，風雪中，赤兔馬馱著關羽快速奔至，黃忠見趙雲被張飛壓制住了，更不答話，舞著九鳳朝陽刀便朝張飛揮去。

刺斜裡殺出了一個人，張飛急忙避開黃忠，刀鋒從他面前削過，只差那麼一點點，他的鼻子就差點被削下了，當真好險。

「奶奶的！來得正好！」張飛對於黃忠的突然殺出有點窩火，看到關羽也趕來了，便叫道：「二哥！小白臉交給你，俺先解決這個老的！」

關羽見到趙雲，也是分外眼紅，想起幾年前他曾經輸給趙雲一招，險些喪命，便怒火中燒，大聲叫道：「趙子龍，當日某未能使出全力，今日某要讓你血債血還！」

言畢，四個人便換了位置，張飛和黃忠打了起來，關羽則和趙雲對打。

「子龍，你沒事吧？」

黃忠費了好大一番功夫才將關羽引到此處，但是一直保存著實力，此時他見趙雲露出疲色，又見張飛還很正常，便關心地問道。

「沒事！」

黃忠當即放下心來，大刀舞著直取張飛，將保存的實力全部展現出來，一番瘋狂的亂舞，九鳳朝陽刀寒光閃閃，冰冷、鋒利的刀鋒露出了森寒的涼意，一刀揮去，便能將飄舞著的雪花斬斷。

刀刀致命，一刀快過一刀。

張飛本來已經習慣了趙雲的槍法，可是突然間換成黃忠的刀法，未免有些吃虧，竟然無從招架，只能躲閃。

按理說，他和關羽是兄弟，對刀法並不陌生，可是黃忠的刀法和關羽並不一樣，關羽的刀法大開大闔，剛中帶柔，黃忠的刀法卻反其道而行之，十分的陰柔，看似軟綿無力，實則鋒利無比，柔中帶剛，一旦被他的刀砍中，只怕會立刻被砍成兩半。

「有鳳來儀……鳳毛麟角……鳳鳴朝陽……」

黃忠每使出一招，嘴裡便唸出一聲口訣，當他九招刀法使完後，忽然刀法逆轉，喊道：「鳳鳴朝陽……有鳳來儀……鳳毛麟角……鳳凰擺尾……」

張飛只覺得這招式似曾相識，卻似乎又不相識，十分頭疼。

只聽黃忠的口裡又唸道：「飛鳳在天……有鳳來儀……鳳鳴朝陽……鳳凰擺尾……鳳毛麟角……」

又是九招過去了，張飛被黃忠逼得只有招架的份，正暗自苦惱，卻無法破解，只能採取守勢。

關羽和趙雲再度見面，兩人並未立即展開攻擊，而是矗立在那裡，四目相對，任憑雪花飄落在他們的身上，連眼睛都不眨一下。

兩人針鋒相對，眼裡皆是迸出寒光，同時怒吼一聲，策馬相向而去，混戰在一起。

這邊黃忠和張飛打得難解難分，那邊關羽和趙雲不相上下。張飛、趙雲由於之前的一番力拼，在體力上已經不如從前，倒讓黃忠和關羽占了便宜。

十幾個回合過後，張飛終於看透黃忠的那套刀法，**所謂的九鳳朝陽，其實只有九招，但是九招的刀法中，只要隨意組合，便又是九招新的招式**，如此反覆循環，竟然是連綿不絕，招式雖然略有相似，但是實際上卻各不相同。

「臭老頭！你煩不煩？怎麼耍來耍去就只有這九招？你能不能換點新鮮的？你不煩，俺都煩了！」張飛一時間無法破解黃忠的刀法，心中大怒，不禁破口大

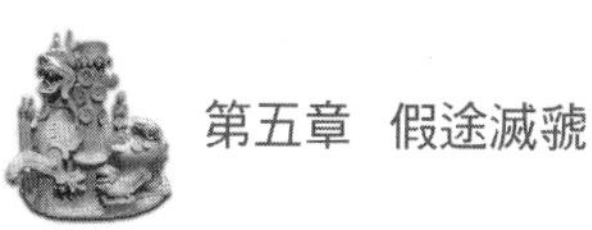

罵道。

黃忠這套九鳳朝陽刀，乃是刀法中的上乘，縱然是天下第一的武學宗師，也未必能夠將九招的招式任意組合成為一套新的招式，可是黃忠做到了。倒不是他的武學修為高，而是這套刀法來歷十分蹊蹺，是他年輕時在夢中所學。

黃忠不理，只管戰鬥。他的九鳳朝陽刀，頗有一番金庸筆下「獨孤九劍」的味道，只是，這刀法太過陰毒，以至於黃忠還是頭一次使出來，憑著這套刀法壓制住張飛的鋒芒。

不多時，高飛率領張遼、張郃、陳到、文聘、盧橫、司馬懿等人抵達，見黃忠竟然壓制住張飛，而趙雲和關羽難解難分，便是一陣好奇，因為這種局面，完全打破了高飛原先的預想。

「皇上，四個人都是當世豪傑，但凡任何一個有什麼閃失，只怕……」陳到提醒道。

高飛聽後，當即下令道：「張遼、文聘助黃老將軍，張郃、陳到助子龍，務必將關羽、張飛生擒活捉！」

「諾！」一聲令下，張遼、文聘、張郃、陳到策馬而出，分別攻向關羽、張飛。

第六章

背後推手

高飛聽到司馬懿的話後，覺得事情並不單純，因為他並非真的打算放走關羽、張飛，如果計策被識破，他就採取第二種手段，強行將兩人帶回，沒想到這次出奇的成功。

「那麼……你認為誰是劉備背後的推手？」高飛問道。

風雪夜，群將激鬥。

關羽、張飛本來和趙雲、黃忠相互持平，即使再殺個百餘回合也未必能輸，只是讓他們意想不到的是，張遼、張郃、文聘、陳到四個人的加入打破了這種平衡。

關羽、張飛一個人獨鬥三將，漸漸地越發感到吃力，苦苦撐過十個回合後，關羽、張飛都是疲憊不堪。

就在這時，張飛一聲怒吼，響徹天地，丈八蛇矛猶如一條巨大的蟒蛇，一身蠻力也全部爆發，胡亂一番連刺，先逼開黃忠，矛頭掉轉，忽而對準張遼，忽而刺向文聘。

只見烏雲踏雪馬也超乎想像的快速疾奔，在雪原上猶如一道鬼魅，在黃忠、張遼、文聘三個人之間掠過。

高飛見狀，不禁皺起了眉頭，他知道張飛勇猛，可是沒想黃忠、張遼、文聘三員大將竟也壓制不住他。

看到此處，高飛急忙對盧橫道：「把槍拿來！」

盧橫聽後，立刻會意，道：「皇上，末將去！」

話音一落，剛要動身，便被高飛拉住，高飛一把奪過盧橫手中的長槍，吩咐道：「保護好司馬仲達！」

言畢，高飛已經飛馳而出。

張飛借助烏雲踏雪馬的驚人速度，迅疾地周旋在黃忠、張遼、文聘三個人之間，饒是如此，卻仍無法逃脫，三個人以品字形的圍勢將張飛鉗制住。

所謂當局者迷旁觀者清，黃忠、張遼、文聘都很納悶，這傢伙怎麼能夠這麼勇猛，居然三個人聯手還壓制不了他。

黃忠的九鳳朝陽刀礙於張遼、文聘在側，恐傷及無辜，所以未敢使出，何況此戰意在擒獲張飛，不是殺死張飛，便採取守勢，牢牢地鉗制住張飛。張遼、文聘雙槍並舉，和張飛鬥了幾個回合，卻無法將張飛拿下。

高飛卻早就看出了其中的蹊蹺，他是烏雲踏雪馬的第一個主人，對於自己原來坐騎的能力自然很清楚。烏雲踏雪馬產自烏孫國，馬匹牧養在天山上，天山上有的地方終年積雪，馬匹的耐寒能力就是在那塊地方上鍛煉出來的，所以烏雲踏雪馬對雪很興奮，四蹄過處，踏雪無痕。

而趙雲、黃忠、張遼座下的獅子驄是產自大宛國，雖然牠們過長的鬃毛也有耐寒能力，可是卻很討厭冰雪，喜歡在沙漠上馳騁，所以三人的座下戰馬自然就要略遜烏雲踏雪馬一籌。

馬戰的時候，馬匹的速度往往是取勝的一個重要關鍵，也正是基於這個原因，黃忠、張遼、文聘才難以壓制住張飛。

「閃開！」

高飛大叫一聲，突然從黃忠、張遼之間的縫隙裡殺了出來，手持長槍，目光犀利，一臉陰沉地朝著張飛殺了過去。

張飛見高飛親自上陣，眼前一亮，心想若是擒獲了高飛，他就可以和關羽脫離險境了。於是，他先用丈八蛇矛胡亂掃了一圈，讓黃忠、張遼、文聘不敢靠近，自己則騎著烏雲踏雪馬快速地迎向高飛。

只一瞬間，張飛和高飛便照面了，張飛清晰地看見高飛收起一槍便刺向自己，他本來想去用丈八蛇矛遮擋，可是剛抬起兵器，便發現高飛那一槍不是衝著自己而來，竟然偏離他身上的要害，向下沉去。

他不禁在心裡一陣好笑，他清楚記得，這一招是第一次和高飛打鬥的時候，高飛所用過的「怒濤穿石」的招式。

他嘿嘿笑了笑，叫道：「當了皇帝，竟然將自己的功夫都落下啦，實在是……」

話剛說到一半，張飛見高飛的嘴角上帶著一抹笑容，手中長槍突然脫手而出，整個人忽然調轉馬頭，一個鐙裡藏身，便向側面跑開，這才意識到高飛這一槍原來不是對準他，而是衝著他座下的烏雲踏雪馬而來的。

「噗！」一聲悶響，長槍從烏雲踏雪馬的脖頸上穿進身體，鋒利無比的鋼製長槍像是刺進鬆軟的豆腐塊一樣，貫穿烏雲踏雪馬的整個背脊，鮮紅的槍頭從馬屁股那裡露了出來，血淋淋的鮮血不停地向下滴淌。

「昂嗚……」烏雲踏雪馬發出一聲響徹天地的悲鳴，向前邁開的四蹄突然僵硬住，身體轟然倒地，重重地摔在地上，將馬背上的張飛甩出好遠，在雪地上打了許多滾才止住。

黃忠、張遼、文聘見狀，急忙策馬而去，揮舞著各自的兵器攻向張飛。

「嗖！呼！嗖！」

三聲破空的聲音迅疾地在張飛的耳邊響起，當他反應過來時，兩柄長槍加一柄大刀已經架在了他的脖子上。

高飛見張飛被生擒了，立刻叫道：「綁了！」

文聘翻身下馬，抽出套馬索將張飛給五花大綁住。

張飛怒視著高飛，大聲抗議道：「不服！我不服！你們勝之不武！」

高飛沒有理張飛，朝文聘抬了抬手，示意文聘將張飛的嘴也給堵住。

這邊張飛被擒，那邊關羽尚且在激戰趙雲、張郃、陳到三個人，赤兔馬雖然沒有烏雲踏雪馬那麼的神奇，可是卻比趙雲、張郃、陳到的座下戰馬都快，趙雲的獅子驄早就對雪地不耐煩了，張郃、陳到騎著的雖然也是駿馬，可是並非千里馬，奔跑起來的速度沒有赤兔馬那麼驚人。

赤兔馬也是一匹神駒，在名馬當中，牠成名最早，耐力最足，加上年富力強，比後起之秀的馬匹顯得更有經驗。

自從東漢末年自大宛國流入中原後，赤兔馬不知道換了多少個主人，所跑過的地方更是多不勝數，從沙漠到黃土高原，再到大草原、高山大川、江河湖海，從西到東，東北到南，十餘年間，赤兔馬茁壯成長，任何地形在牠的四蹄下都如同平地一般，完全不受地形的限制。

所以在名馬當中，赤兔馬就像是當年的呂布一樣，天下無雙。

關羽不似張飛那麼的有爆發力，可是他卻是最持久的，知道隱藏實力，伺機而動。不動則已，一動就要傷人。

趙雲、張郃、陳到將關羽圍困住，關羽青龍偃月刀大開大闔，攻防兼備，守禦的極為森嚴，雖然處於下風，但是內行人一看便知關羽尚留有餘力。

趙雲之前和張飛一陣力拼，此時盡顯疲憊之色，招式上和行動上也有些遲緩。張郃、陳到配合默契，一個使長槍、一個用雙刀，彌補了趙雲的攻勢不足。

忽然，青龍偃月刀挑開了趙雲的暴雨滅魂槍，使其險些撞上張郃，張郃本來要進攻的，一見趙雲的暴雨滅魂槍刺斜而來，下意識的便採取了防禦動作。

關羽眯著的丹鳳眼突然張開，兩眼瞪得渾圓，看準了時機，青龍偃月刀立刻引出「萬軍煞」，以撼動天地之勢劈向陳到。

陳到手中雙刀太過短小，見關羽青龍偃月刀朝自己劈了過來，而關羽就像條怒龍飛掠而至，刀光如雲彩流過，刀鋒似青龍探爪，吞噬天地的刀浪破空而至，頓時感到一陣驚慌。

他從未遇到過如此厲害的人，下意識中，雙刀便舉了起來，將全身力量慣於雙刀之上，力求擋住關羽的這一刀。

「叔至！不可抵擋……」

張遼曾經見識過關羽「萬軍煞」的厲害，知道這一刀劈下，所過之處必然會身首異處，趕忙大聲提醒道。

趙雲是第一次見到「萬軍煞」，因為之前和關羽打鬥時，關羽尚未使出便已經被他擊敗，這一次見到這吞食天地的一刀劈向了陳到，他和張郃又離陳到較遠，根本無法救援，於是他將手中暴雨滅魂槍投擲向了關羽。

槍尚未脫手，便見一道金芒從關羽側面射來，金色的羽箭劃破長空，在鵝毛般大雪的掩護下，在電光石火間，直接撞向關羽的青龍偃月刀。

鋒利的箭頭一經撞上關羽的青龍偃月刀，旋轉的箭頭還在不停地轉動著，以極其大的力道頂住了青龍偃月刀。

關羽雙手持刀，刀面上突然飛來一支金色的箭矢，尋常的箭矢在撞上硬物的時候，便會停止旋轉，可是這支羽箭卻轉個不停，同時感到有一種巨大的推力將他的刀向一邊推去，這種事情，他還是頭一次見到。

「呀……」

關羽雙手緊緊地握住青龍偃月刀，萬軍煞無疾而終，咬緊後槽牙，穩住自己手中的青龍偃月刀，這一箭的力量徹底超乎了他的想像，竟然讓他的青龍偃月刀偏離了軌道。

「哧哧……」

金屬的碰撞發出了刺耳的聲音，金色的羽箭一鼓作氣，徹底頂偏了青龍偃月刀，箭矢從青龍偃月刀的刀面上劃過，繼續向前飛去，射進一棵粗大的樹木上，震掉了壓在樹枝上的積雪，強弩之末的箭矢也終於停了下來。

「砰！」

一聲悶響在高飛的耳邊響起，回頭一看，黃忠竟然從馬背上跌落了下來，重重地摔在地上，手中還緊緊地握著金色的大弓，臉上盡顯疲色。

「黃老將軍……」高飛急忙翻身下馬，將黃忠抱在懷中，關切地道：「你這是怎麼了？」

黃忠面色蒼白，身體顯得很是虛弱，強作歡笑地說道：「皇上，我沒事，只是勞累過度，剛才那一箭，臣用盡了所有的真氣，以至於……」

「盧橫，過來照顧黃將軍！」高飛衝盧橫喊道。

盧橫、司馬懿都過來了，盧橫攙扶起黃忠，司馬懿則向高飛說道：「皇上，射人先射馬，要擒獲關羽，必須先將赤兔馬弄死！」

高飛點點頭，對張遼道：「你我同時放箭，專射赤兔馬，關羽若沒了赤兔馬，就只有被擒的份了。」

「臣明白。」

言畢，張遼、高飛同時取出弓箭，朝著赤兔馬放箭。

剛才的驚險一幕，險些要了陳到的性命，趙雲、張郃、陳到三人知道不能放鬆警惕，同時加大了攻勢，將關羽完全壓制住。

這時，關羽倍感吃力，剛準備奮起抵抗，但聽兩聲「噗、噗」的悶響，座下赤兔馬又仰天發出了長嘶，忽而變得極為暴躁。

緊接著，一道寒光從側面襲來，金色的羽箭直接射中赤兔馬的脖頸，一箭穿喉，赤兔馬跌跌撞撞地倒在地上，將關羽也掀下馬背來，壓在身體下面。

赤兔馬躺在地上不斷地抽搐，發出哀嚎聲，眼中飽含著熱淚，看到關羽的一條腿被牠壓住，使出最後一點力氣，微微地挪動了下身子，使關羽可以抽出自己的腿。

就在這一刻，赤兔馬發出最後一聲長嘶，響徹天地，像是在呼喊著什麼，又像是在吶喊：天下無雙，終究還是個死。

塵歸塵、土歸土，牠也有了自己的歸屬，九泉之下，牠將再次馱起自己曾經的主人，馳騁九幽冥界！

關羽看到赤兔馬死了，痛心疾首，轉眼見到張飛被擒，自己也是恨意綿綿。

可是，在他還未從地上爬起來的時候，趙雲、張郃、陳到便已經用兵器頂住了他，然後一番五花大綁，將他給捆綁得結結實實。

高飛見關羽、張飛都被生擒，這才鬆了口氣，讓人把他們兩個押到一起，讓盧橫、文聘撿起丈八蛇矛和青龍偃月刀，看著關羽、張飛，一臉笑意地說道：

「雲長兄、翼德兄，時至今日，我想我們之間也該做個了結了，劉備大勢已去，早晚會被我所滅，你們都是天下一等一的將才，不如跟隨在我的身邊，我可饒劉備一條性命。」

關羽並未沒有被塞住嘴，但是他的臉上卻是怒氣沖沖，聽到高飛的話後，便道：「今日關某被你所擒，我無話可說，但求速死，別無其他奢望。」

高飛知道，歷史上的關羽忠義無雙，根本不可能輕而易舉的投降。他看了張飛一眼，對文聘道：「拿下他的塞口布。」

文聘剛給張飛取下塞口布，張飛便瞪著兩隻眼睛，鬚髮倒張，大叫道：「有什麼事情，你們都衝俺來，別為難俺二哥！」

高飛道：「手足情深，情深義重，我知道你們現在不會投降，只能暫時委屈兩位在我軍中待上一段時間了，不過，無論如何我都不會放你們的，當然，我也不會殺你們。我會在不久的將來把劉備也一起抓來，到時候，讓你們三個人團聚，豈不是很好？最後，請你們放心，**我抓你們，並不是用你們去要脅劉備，只是想讓你們兩個看清劉備的真面目。**」

關羽、張飛已經淪為階下囚，聽到高飛說的這番話，兩人都沉默不語。

隨後，高飛一行人回到軍營，用特製的鎖鏈將關羽、張飛給鎖住手和腳，就算他們力氣再大也無法掙脫，又安排盧橫負責看守關羽、張飛，這才算完事。

回到大帳後，高飛讓士兵向外散播關羽、張飛投降了華夏軍的消息，並且找來兩個身材和關羽、張飛差不多的人，讓他們喬裝打扮一番，又讓工匠做出兩把仿製的武器，一把是青龍偃月刀，一把是丈八蛇矛，準備雪停了以後，對付劉備。

同時，高飛讓人叫來隨軍的張仲景。

張仲景一進門，他便問道：「張神醫，我需要一種藥，不知道你那裡有沒有？」

張仲景抱拳道：「皇上氣血正常，紅光滿面，並無甚病症，要藥幹什麼？」

「我當然沒病，自從吃了你的八味地黃丸之後，腰不酸了，腿也不疼了，我這次找你要的藥，不是給我吃的，也不是醫人用的，而是毒藥。」高飛道。

「毒藥？」張仲景聽後，詫異道：「不知道皇上要慢性的還是快速的？粉狀的還是顆粒的，有味的還是五味的？又或是有色的還是無色的？」

高飛開門見山地說道：「我需要一種能讓人吃了就能永久失憶的藥，從此再也記不得以前的事，不知道神醫那裡可否有這種藥？」

張仲景為難了，不清楚高飛準備幹什麼，便道：「臣之前煉製的迷魂散有讓人失憶的功效，不過那只是暫時的，過幾天後便會回想起來，至於讓人永久失憶的藥，臣倒是沒有煉製過，若是皇上需要的話，臣可以試著煉製看看，至於成功與否，臣就不敢保證了。」

高飛點點頭道：「那麼……大概需要幾天？」

「皇上什麼時候要？」

「越快越好！」

「臣儘量早些煉製出來，只是……」張仲景顯得有些為難的樣子。

「有何難處，儘管說。」高飛看張仲景欲言又止，問道。

「只是這藥一旦煉製出來，如果沒有人試藥，臣也不知道這藥到底成功與否？」

「這倒是件麻煩事……」高飛陷入了沉思，不知道該如何找人來試藥。

別的藥可以隨便找個人或動物來試試，可是這失憶的藥要找誰來試？誰又願意去試？他雖然是想拿這種藥去讓關羽、張飛吃，可是如果一次不成功，他們兩個人的警惕性就會提高，再給他們餵毒藥，那就難了，所以他只能拿做好的成品去給關羽、張飛吃。

「臣願意一試！」就在這時，卞喜從外面走來，抱拳說道。

張仲景見卞喜來了，當即歡喜起來，因為卞喜是自己的藥人，找他試藥最合適不過。可是忽然間，他的眉頭又皺了起來，因為卞喜已經被他弄成百毒不侵的藥人了，任何毒藥在他的體內都會被化解。

「本來你是最合適不過的藥人，可是……正因為你是藥人，你的體內積攢的藥物太多，只怕煉製出來的藥物無法在你體內起到作用。」張仲景搖頭道。

「那怎麼辦？」高飛也犯起難來。

「皇上，讓罪臣來吧！」盧橫在側，聞言後，尋思一番，做出了決定。

「你……」高飛吃了一驚。

盧橫解釋道：「罪臣兩次失敗，一次被俘，已經沒有任何面目再見陛下，愧對華夏國，愧對陛下，更愧對我自己，如果真的有一種藥可以讓罪臣忘記過去，那麼罪臣甘願一試。」

「既然盧將軍要試藥，那就請跟我走吧。」張仲景歡喜地說道，心裡卻在盤算著，又一個藥人誕生了，從此以後，他將會利用他煉製出更多的藥來。

「等等……」

高飛急忙叫住盧橫，一把拉住他的手問道：「你當真要去試藥？」

「臣罪不可赦，蒙皇上隆恩，苟延殘喘至今，每天晚上，罪臣一閉上眼睛，腦子裡出現的都是那些因為罪臣而死去的將士，臣不願意再受這種折磨了。」

「可是，記憶對於每個人來說都很重要，如果沒有記憶，你就不可能知道過去；如果沒有記憶，你的人生還有什麼樂趣？如果沒有記憶……」

「皇上，臣已經決定了，罪臣要洗心革面，請皇上成全！」盧橫跪在地上，十分誠懇地說道。

高飛實在不忍心盧橫從此以後丟失記憶，一旦記憶喪失，他們之間的情誼也就斷了，主僕十二載，同甘共苦的日子裡才是最真摯的情誼。

在他的心裡，**他早將盧橫當成自己最親的親兄弟，因為，他是他來到這個世界上第一個認識的人，也是第一個甘願聽他驅策的人。**

「皇上，臣深陷痛苦當中，臣的人生因為有了皇上而精彩，只是臣兩次大敗，罪孽深重，皇上不殺臣，已經是對臣的仁慈了。」說完，盧橫便跨步走出了大帳。

高飛看著盧橫離去，知道他心意已決，非他個人所能左右的了。他閉上眼睛，淚水從眼角順著臉頰流下來。

一直以來，盧橫的問題困擾著他，按照軍規，樞密院、參議院全都認為盧橫

應該斬首，是他力排眾議，沒有殺盧橫，希望以後能再給他立功的機會，讓他將功贖罪。

今天，盧橫將徹底離他而去，他的人生，或許會有另外一個未來！

關羽、張飛被生擒的消息被高飛刻意的宣傳後，很快便傳到了漢水以南。

襄陽城的大殿上，劉備剛剛接到戰報，五萬漢軍只有杜襲這支軍馬毫髮無損的回來，餘下的人，被淹死的、被俘的、被斬殺的，多不勝數。

他甚至還沒緩過神來，五萬大軍就這樣沒了。

關羽、張飛的失利，讓襄陽城內的文武百官都感到震驚無比，一時間，襄陽城的上空陰雨密布，起先的遷都派立時變成了投降派，紛紛勸諫劉備投降華夏國，以免荊州遭受劫難。

「報——」

衛尉從大殿外面闖了進來，一臉的驚慌，一進大殿，便立刻跪在地上，大聲喊道：「啟稟皇上，大將軍、大司馬他們……」

劉備慌了神，似乎有一種不祥的預感，急道：「他們怎麼了？快說！」

「大將軍、大司馬他們……他們投降了……」衛尉將自己所看見的說了出來。

「你說什麼？」劉備吃驚不已，不敢置信地說：「這可是你親眼所見？二弟、三弟他們……」

「確實是臣親眼所見，今天早上，天剛濛濛亮，臣按照陛下聖旨，巡視沿江防務，忽然看見江中一字排開十幾艘大船，大將軍、大司馬站在船艦上招誘我軍投降，臣不敢相信，特地登船到近處去看，發現那兩個人確實是大將軍和大司馬，臣這才飛快跑來通報陛下。」

劉備聽後，眉頭皺起，在他的心裡，本來不願意相信關羽、張飛會輕而易舉的就投降高飛的，因為他們之間有著極深的兄弟情誼。

可是，轉念一想，高飛曾經三番四次的放過張飛，加上張飛又因上次在他的丈八蛇矛上淬毒事件而和自己鬧得很僵。他可以猜想到，一定是高飛用花言巧語騙取了張飛的信任，之後張飛又勸關羽，結果兩個人便一起投降了。

「錯不了的……一定是這樣……二弟、三弟，你們竟然真的和朕作對？」

劉備胡思亂想了一番，整個人癱軟在皇帝的寶座上，失去了關羽、張飛，就等於失去了他的兩條臂膀，他又怎麼能夠會不為之所動呢。

「陛下！臣以為，此乃敵軍以假亂真之計，臣雖然沒有親眼所見，但是臣可

以肯定，以大將軍、大司馬和陛下之間的情誼，是絕對不會這麼輕易投降敵軍的。如果他們兩個真的想投靠的話，應該是帶著五萬大軍一起歸附，這樣他們在華夏國才有說話的底氣。凡事不可盡信，大將軍、大司馬的音容相貌，陛下是最清楚不過的了，不如陛下登上戰船，去北岸一看便知。」諸葛亮在一旁說道。

劉備聽後，覺得諸葛亮說得很有道理，怒視著衛尉道：「衛尉謊報軍情，論罪當誅，推出去斬首示眾！」

衛尉聞言，急忙高呼饒命。

諸葛亮見狀，求情道：「陛下，衛尉大人不過是被一時迷惑，罪不至死，不如暫且革職。」

劉備怒道：「不行！來人！將衛尉推出去斬首示眾，再敢有輕言投降者，朕定斬不赦！」

殺雞儆猴，這本來是一個漂亮的好招數，只可惜，劉備用的不是時候，**此刻，大敵當前，不是如何殺雞儆猴以表示自己皇帝的威嚴，而是應該籠絡人心，力求打動在場的每一個官員，捨生忘死的保家衛國才對。**

諸葛亮見劉備處理不當，又不聽自己所勸，無奈地搖了搖頭。

他看到群臣臉上都是一陣驚怖，似乎人人自危，心中暗暗想道：「難道……

我選擇劉備真的錯了？龐士元，你現在身在何方？**如果你在，或許我們能夠摒棄前嫌，並肩作戰，只要擋住這次兵鋒，天下，將開始風雲變幻……」**

群臣尚未散朝，便見丞相府的屬官身披孝服的進了大殿，哭哭啼啼的嚷著：「皇上……丞相大人已經駕鶴西去……」

福無雙至，禍不單行，許劭最終抵抗不住病魔，於剛剛病逝。

劉備聽後，深受打擊，當即宣布以國喪之禮為許劭舉辦喪事。

朝會散後，劉備和諸葛亮一起騎馬出了襄陽城，直奔漢水南岸的水軍大營。

水軍都督和洽聽聞劉備、諸葛亮親至，急忙列隊歡迎，天空中還在下著雪，地上的積雪也很深，和洽讓人掃開一條道路，鋪上紅地毯，以供劉備駕臨。

劉備和諸葛亮進入水軍大營後，來不及進大帳暖和，便下令召集二十艘戰船，親自登船，在禁衛軍的保護下離岸而去。

為了保持低調，劉備並不懸掛皇旗，只以和洽的大纛為先行，他自己則隱身在船艙裡透過縫隙向外觀看。

此時鵝毛大雪紛紛揚揚的飄下，漢水雖然沒有結冰，但是江面上的可見度很低，陰霾的天空下，整個世界都是白的。

北國起烽煙，天地一蒼茫。

漢水北岸，華夏國的大軍正在緊鑼密鼓的修建碼頭。

冰冷的天氣依然掩蓋不住華夏軍熱火朝天的精神。昨日的那場大戰，華夏國初戰告捷，一掃最近一個半月來的晦氣，算是替以前死去的兄弟報仇了。

岸邊，負責巡邏的隊伍往來交替，江面上尚有三十艘巡視的小型戰船，每艘戰船上，各自站著二十名持著盾牌的士兵，在江面上連成一片，一旦發現異常情況，便立刻敲響鑼鼓，以警示岸上的軍隊。

高飛尚在大帳內和文武官員進行著謀劃，因為天寒地凍，鴿子的禦寒能力差，與吳軍的消息傳遞暫時失去了方便快捷的方式，只能通過斥候往來奔走。

為此，卞喜親自率領自己的斥候大軍趕赴第一線，除了密切關注漢軍動向外，還時刻注意吳軍的動向，因為之前吳軍四路大軍攻占荊南四郡的行動，讓高飛倍感揪心。

「這是荊州的地形圖，臣當年在劉表帳下時，曾經走遍荊州，對荊州的地理位置十分熟悉，如今吳軍占領江夏、桂陽、零陵、武陵、長沙五郡之地，又以大軍包圍了南郡的郡城江陵，一旦被吳軍攻下江陵，只怕這次攻占荊州的最大受益者就是東吳了。」

黃忠指著自己精心製作、用沙土堆砌而成的荊州地圖，三種顏色的小旗插在不同的地方上，讓人一目瞭然。

高飛聽後，緩緩地道：「看來，**東吳沒有我想像的那麼容易應付**，我以為東吳會按照我的套路來，可是我卻忽略了一個問題，東吳的軍隊不是我華夏國的軍隊，我沒有權利命令他們去做什麼。如果滅了劉備，我軍也不過才占領了南陽一郡而已，就算攻下襄陽，又行動迅速的將戰線推到長江一線，也不過才占領半個南郡，辛辛苦苦的攻城掠地，卻為他人做了嫁衣，實在心有不甘。」

「皇上不必如此，這樣一來，未必不是一件好事。我軍制定的作戰計畫是不會錯的，只是當時並沒有估算到漢軍會孤注一擲，採取固守兩城而放棄了大片荊州的郡縣。我軍占領的地方雖少，可是所占領的都是較為富饒的土地，水力資源充足，農田肥沃。荊州一半以上的糧食都是產自江漢平原，東吳尚未發動戰爭，就先去攻城掠地，可以看出東吳志在奪取城池，此番雖然圍住江陵，但以臣推測，吳軍定然不會貿然進攻，而是在坐等我軍率先進攻後，他們再從中牟利。」

司馬懿細細分析道。

高飛頻頻點頭道：「你繼續說。」

司馬懿接著說道：「如今天寒地凍，訊息通達十分緩慢，這也是我軍可以利

用的地方，只要採取強攻，突破漢軍的漢水防線，屆時包圍襄陽，暗中派兵去攻擊江陵，然後智取江陵，趕在東吳前面占領江陵，東吳必然會無功而返。」

高飛看了一眼賈詡，問道：「你覺得呢？」

「話雖如此，只是如何突破漢水防線，才是現在的重中之重，臣以為……」

就在這時，整座大營鑼鼓喧天，江面上傳來警戒的聲音，岸上的士兵也立刻敲響了戰備的警鐘。

高飛立刻解散會議，帶著眾位將軍、大臣一起出帳，去看看究竟是怎麼回事。

來到岸邊，負責巡防的張謙立刻稟告道：「漢軍突然發動襲擊，在江面上的巡邏船隻多數受到攻擊……」

正說話間，高飛看見江面上的巡邏船隻退了回來，幾艘船隻上的人也都少了許多，有的甚至帶著箭傷。

「拿望遠鏡來！」高飛看不清江面上的情況，喝令道。

高飛接過手下人遞來的望遠鏡，朝江面上看了過去，但見二十艘中型的戰船簇擁著一艘巨大的船艦從江面上而來，懸掛的大旗是「和」字。

他知道，這是漢軍水軍大都督和洽親自來了。

「一級戰備！」高飛確定了危險之後，立刻高聲喊道。

隨著高飛的一聲令下，華夏軍在岸上開始忙碌起來，步兵結陣，弓箭手在盾牌兵後面排成一列，騎兵則留守大營，以防止不測。

然而，奇怪的是，漢軍在靠近北岸的時候，忽然停止了前進，和洽站在鬥艦的船頭上，極目眺望，但見岸上嚴陣以待，防守極為嚴密。

他見高飛站在岸邊，身邊環繞著許多文臣武將，便朗聲道：「大漢水軍大都督和洽，拜見華夏國神州皇帝陛下！」

高飛見和洽並無惡意，便撥開護衛，向前走了兩步，喊道：「和陽士，莫非你也是看到荊漢氣數已盡，準備效仿關羽、張飛，投降朕的華夏國？如果真是這樣的話，那朕對你表示熱烈的歡迎，你若是來了，朕就封為你為水軍大都統，仍然管轄你的舊部，官居一品！」

和洽聽到高飛向他拋來橄欖枝，心中不禁一陣漣漪，只是他的臉上並沒有表現出來，因為在船艙裡，還有一雙炙熱的眼睛在時刻的注視著他的一言一行。

「神州皇帝陛下說笑了，我和洽身為漢臣，豈能做出如此背棄的事情來？只是，我有幾句話想問問大將軍和大司馬，可否請關大將軍、張大司馬一見？」和洽道。

「這有何妨。」高飛轉身道：「去請關將軍、張將軍來，就說他們的故人要見他們！」

文聘會意，轉身進了大帳。

不多時，關羽、張飛便走了出來，虎步龍驤，氣勢凜然，顯得很是淡定，走到高飛身邊時，還不忘記行跪拜之禮。

江心中的鬥艦船艙裡，劉備透過縫隙看到了岸上的那一幕，氣得差點背過氣去，因為他看到的關羽、張飛，模樣一點不錯。

一怒之下，劉備拔出腰中雙股劍，一劍斬斷了艙中的桌椅。

諸葛亮看後，立即勸慰道：「陛下，此乃敵軍假扮的關將軍和張將軍，以關、張兩位將軍的脾氣，又怎麼會輕而易舉的投降呢？大將軍和大司馬是和陛下情同手足的兄弟，心高氣傲，就算身陷囹圄當中，也必然不會折了底氣，這裡距岸邊尚有一段距離，加上天空還在下著雪，視線受阻，大將軍、大司馬都是形似神不似，定然是高飛故意讓人假扮來騙陛下的，不可輕信！」

劉備聽了，轉念一想，覺得確實有那種可能，心情方才有點好轉。

忽然，他的眼裡迸出兩道寒光，轉臉對身後的孫乾吩咐道：「去給和洽傳令，命船上所有弓箭手準備，將目標對準岸上假扮的雲長和翼德，全部予以格殺！」

孫乾聽後，諾了聲，迅速地出了船艙。

和洽極目眺望，發現對岸站在高飛身邊的是關羽和張飛，正準備搭話，卻見孫乾從船艙上來，心想是劉備有所指示了，便道：「孫大人，皇上有何訓示？」

「皇上命你將戰船繼續向前開，讓所有弓箭手一致瞄準岸上假扮的大將軍、大司馬，射死他們。」

「啊……那是假扮的？」

孫乾點點頭道：「只是形似而已，真正的大將軍和大司馬會那麼輕易的投降嗎？」

和洽想想也是，便立刻讓旗手打旗語，通知其餘十九條戰艦的人準備作戰。

高飛站在岸上，看到孫乾出來和和洽不知說了些什麼，隨後船隊便立刻向前開拔，艦船上的弓箭手也都嚴陣以待，暗暗思索了一番，覺得事情大有蹊蹺。

和洽貴為水軍大都督，為什麼會聽孫乾的話？可是事實如此，**那就足以證明，船艙裡還有一個可以調動和洽的人！再聯想到和洽說要見關羽、張飛，便明白過來，這裡面一定有貓膩。**

高飛思來想去，不難猜出**隱匿在船艙之中的，定然是劉備無疑**。

想到這裡，高飛心中陡然生出一計，急忙讓人去把關押在後軍的關羽、張飛

給帶出來，**這個時候，是破壞他們兄弟情誼的最好機會。**

江心中，漢軍戰船不斷地向前靠近，岸上的華夏軍也相應做出了調整，就在一瞬間，萬箭齊發，密集的箭矢穿透風雪向對方射去，展開了**漢軍、華夏軍有史以來第一次的水陸大交鋒。**

華夏軍的盾牌兵防守的十分嚴密，組合在一起，像是一堵銅牆鐵壁，密不透風，將漢軍射來的箭矢都擋在外面。華夏軍的箭矢射到江心中，受到風向的影響，有些箭矢還沒抵達，便已經失去效用，紛紛落在了水中。

一番箭矢上的較量，正式拉開了序幕，如蝗的箭矢成為這個冬季一道靚麗的風景線。

一番對射後，結果兩軍誰都沒有討到便宜，反而浪費了許多箭矢，最後兩軍都覺得沒趣，便自動停下了攻擊。

這時，關羽、張飛被五花大綁著押到了岸邊，嘴裡還塞著東西，以防止他們咬舌自盡。

兩個人雖然都是一天沒吃沒喝了，但還是很有精神，絲毫看不出有任何的疲憊，同時，看著高飛的眼神裡也多了幾分哀怨。

「雲長兄，翼德兄，我抓了你們，你們未免有些不服，認為我是以多欺少，勝之不武。不過，在我看來，這叫兵不厭詐。你們已經被我關了一天了，不知道你們現在可否願意投降？」

關羽、張飛都是重重地「哼」了一聲，然後鄙夷地看著高飛。

高飛嘆了口氣，說道：「我想我明白你們的意思了……」

他故作沉思，臉上現出極為的不捨，看著關羽和張飛的眼神也甚是哀傷。關羽、張飛看在眼裡，不懂為什麼高飛會這樣。

片刻之後，高飛的眼眶中飽含著熱淚，輕輕一閉眼，滾燙的熱水便順著他的臉頰流了下來，他竟然哭了。

「皇上……」

周圍的人都不明白為什麼高飛會哭，急忙圍了過來，只有賈詡、荀攸、司馬懿、郭嘉、田豐等人站在那裡一動不動，面無表情。

高飛擦拭了一下眼淚，強作歡笑的說道：「既然兩位哥哥均沒有投降的意思，那我再這樣羈押你們，想來也是多餘的。念在以往我們曾經同甘共苦，兄弟一場的份上，我今天再放你們一次，你們回去之後，切勿再和我為敵，不然的話，我實在難以向我死去的部下交代，向整個華夏國交代。」

「皇上！不能放啊！關羽、張飛皆世之猛將，更是劉備的左膀右臂，我們

好不容易才抓到他們兩個人，如果就這樣輕易的放了，下次他們再帶兵來攻擊我們，只怕我軍又要耗費一番心血，無數將士們的鮮血也會白白的流失……」張遼急道。

「臣等懇請皇上收回成命！」趙雲、黃忠、張郃、文聘、陳到等將紛紛下跪，向高飛叩頭請命。

賈詡、荀攸、郭嘉、田豐、荀諶、司馬懿、陳琳等人也跪道：「請皇上收回成命。」

「君子一言，駟馬難追，朕是皇帝，更是金口玉言，既然開了這個口，就無法收回了。朕意已決，就這樣定了。來人啊，將青龍偃月刀、丈八蛇矛拿來，交還給關羽、張飛，送他們二人到岸邊，然後解開他們身上的繩索，放他們歸去！」高飛臉上一寒，下令道。

張遼還想說些什麼，卻被在身邊的郭嘉給一把拉住，朝張遼使了個眼色，又搖了搖頭。

張遼尋思了一番，見賈詡、荀攸、田豐、荀諶、司馬懿等人都如同郭嘉一樣，雖然跪了下來，可是臉上卻毫無擔憂之色，暗暗地想了想，便沒有再行動了。

趙雲、黃忠、張郃、陳到、文聘等人還在不停的阻攔，高飛卻是一意孤行，吩咐親軍押解關羽、張飛到岸邊。

在江心中的劉備見狀，登時吃了一驚。

他親眼看到關羽、張飛被捆綁住，還有人押解著，青龍偃月刀和丈八蛇矛也都在側，此時船隻又靠近了些，他看得一清二楚，是真的關羽和張飛。

他急忙說道：「快，派船去將雲長和翼德接回來……」

「等等……」諸葛亮制止道：「陛下且慢，**這其中有詐！**」

「有什麼詐？」劉備遲疑片刻，問道。

「剛才敵軍弄出一對形似的人來假扮關將軍和張將軍，被我軍識破之後，這個時候突然又弄來一對關將軍和張將軍，陛下難道一點都不起疑心嗎？」

「有什麼好疑心的？他們是朕的二弟和三弟，難道朕連二弟和三弟都不認識了嗎？那青龍偃月刀和丈八蛇矛可都是真的！」

「是真的不假，可人並不一定是真的，此時天色昏暗，視線不好，看不太清楚，何況關將軍、張將軍又是皇上的左膀右臂，高飛豈能不知？如今好不容易抓到了，又值兩軍交戰之時，豈會輕易放回？高飛是個聰明人，定然不會幹放虎歸山的蠢事，這兩個人也未必是真的關將軍和張將軍，臣以為，這也是敵軍奸計，

借關將軍和張將軍來吸引我們的注意力，等到他們上船之後，只怕是來刺殺陛下的，不得不防！」

聽諸葛亮這麼說，劉備倒也多了一個心眼，再看看岸上的關羽和張飛，好像怎麼看又都不像了。

他氣憤之下，大怒道：「若非你的提醒，朕差點又上當了……傳令下去，將岸上的假關羽、假張飛全部射殺了！」

十幾名持著盾牌的士兵走在最前面，兩名都尉押著關羽、張飛，一步步的靠近河岸。

江心中的鬥艦上，和洽已經接到劉備的命令，旗語一打，大小戰艦上的弓箭手立馬發難，密如飛蝗的箭矢便朝著岸上的關羽、張飛射了過去。

「護衛！」都尉似乎早有防範，一聲令下，十五名盾牌兵舉著高大的盾牌擋在最前面，但聽無數的撞擊聲，周圍已經落滿了箭矢。

「看見了嗎？這就是你們一直效力的人，在你們被俘之後，非但沒有來救你們，反而要將你們殺死，這樣的國家，這樣的皇帝，有什麼值得效勞的？」負責押送關羽、張飛的都尉，按照高飛教授的話說了出來。

關羽、張飛也是震驚不已，箭矢如同雨下，**關羽、張飛的心徹底涼透了**。

他們不知道為什麼劉備會對他們做出這樣的事情來，兩人的眼裡都充滿了迷惑和不解，**一邊是自己結拜的大哥要殺自己，另一邊卻是自己的敵人要救自己，這個世界全都亂套了。**

今後該何去何從，關羽、張飛陷入了沉思，以前跟著劉備，是以解救天下蒼生為己任，以為有個奔頭，可是現在……

岸上的華夏軍陣營裡，高飛看在眼裡，喜在心裡，臉上雖然沒有什麼表情，可是內心已經樂開了花。

經過這次的事情，關羽、張飛鐵定是回不去了，和劉備之間的兄弟情誼也自然而然的斷了，那也就意味著，他收服這兩個人的機會很大很大。

看到這一幕，趙雲、黃忠、張遼、張郃、文聘、陳到等人至此才明白為什麼高飛會放關羽、張飛離開了，**原來這一切都是一個計謀，為了要拆散關羽、張飛和劉備的兄弟之情。**

賈詡、荀攸、郭嘉、田豐、荀諶、司馬懿等人則是一陣納悶，這麼明顯的計謀，為什麼劉備會看不出來？為什麼劉備會連自己的兄弟都不認識了？

「皇上，這其中似乎有什麼蹊蹺……」司馬懿走到高飛身邊，緩緩說道。

「什麼蹊蹺？」

「劉備不可能不認識關羽、張飛，更不可能去射殺他們，除非在劉備的身後有一個巨大的推手，促使劉備下達這樣錯誤的命令。」司馬懿目光犀利，比賈詡、荀攸、郭嘉、田豐、荀諶等人更有洞察力。

郭嘉是最先看出高飛使用計策的人，可是計策是否會成功，他估算不出來。但是，司馬懿從一開始就猜出高飛想要做什麼，這種洞察力，顯然高出其他人一籌。

高飛聽到司馬懿的話後，也覺得事情並不單純，因為他並非真的打算放走關羽、張飛，如果計策被識破了，他就採取第二種手段，強行將關羽、張飛帶回，沒想到這次出奇的成功。

「那麼……你認為誰是劉備背後的推手？」高飛問道。

「諸葛孔明。」

司馬懿對這個名字並不陌生，從關羽北征宛城時，諸葛亮的名字便已經為華夏國所知，而且他在琅琊府的那段時間裡，不就是為了找尋諸葛亮嗎？

「諸葛亮？他為什麼會這樣做？」

司馬懿答道：「臣不知，也猜不透。劉備器重諸葛孔明，委任他統帥全國軍事，至於為什麼要這樣做，臣一直百思不得其解。」

高飛也猜不透，他用望遠鏡眺望，見鬥艦的船艙處開了一個小窗戶，裡面有兩個人影，劉備他自然認得，可是在劉備身邊的那個人，他卻不認識，但是看他的容貌，似乎可以確定那就是諸葛亮無疑。

「好一個翩翩少年郎！」高飛看後，誇讚道。

此時，漢軍的戰艦全線退卻，漸漸地消失在江面上，雪花阻擋了視線，再也看不見了。

警戒解除後，高飛親自去關羽、張飛的面前，見關羽、張飛二人的眼中都有著一絲隱晦的光芒，便下令道：「將二位將軍鬆綁！」

一群武將圍在高飛身邊，個個打起精神，手按在兵刃上，生怕會出什麼岔子。

高飛不悅，喝令道：「幹什麼？都放鬆下來！雲長兄和翼德兄不是外人，你們為什麼要像防賊一樣防著他們？」

說話間，關羽、張飛便被鬆綁了，塞在口中的東西也被拿了下來。

高飛畢恭畢敬地向關羽、張飛拜道：

「讓兩位兄長受苦了，這一切都是我的罪過。我知道，現在讓你們投降，無非是落井下石。所以，我思來想去還是決定放了你們，不管劉備對你們怎麼

樣，我高飛卻不能無情無義，十二年雖然不長，可也不短，人生短暫，又有多少個十二年可以過呢？

「我將在此休整半個月，半個月後，我將全力進攻荊州，完成未竟的統一大業。漢末紛爭十二載，百姓流離失所，苦不堪言，只有統一了，才能讓他們過上好日子。如果兩位兄長不嫌棄的話，可以暫且住在軍中，抑或是到我們華夏國任何一個府縣去居住，我都歡迎之至。至於兩位兄長的家眷，我已經派人去江陵了，希望趕在吳軍進攻江陵之前，將兩位兄長的家眷全部接出來。」

關羽、張飛聽完高飛的話，只覺得冰涼的心裡突然升起滿滿的暖意。兩人互相對視一眼，雖然沒有任何言語，卻莫逆於心，朝高飛拱拱手，什麼都沒說，轉身拿起自己的兵刃，便離開了華夏軍的大營。

看著關羽、張飛離去的背影，張遼問道：「皇上，真的就這樣讓他們一走了之嗎？萬一他們又回到劉備那邊，豈不是又要成為我們的大敵？」

「朕用了十二載的時間，才逐漸分化了劉備、關羽、張飛三個人桃園結義的情誼，使得他們三個各自猜疑。劉備的疑心一點不比曹操的輕，如果關羽、張飛被我殺了，或許他會感到很心安理得，也會激起軍隊的憤怒，來和我軍決一死戰，有道是哀兵必勝，到時候誰勝誰負，尚且是未知之事。可是現在關羽、張飛沒死，就算他們走了，有了今天的這件事，他們也絕然不會回到劉備的身邊，或許會冷眼旁觀吧。傳令三軍，加緊修建碼頭，等到甘寧的海軍一到，便立刻展開強攻。」

「諾！」

第七章

三個條件

他看了諸葛瑾一眼，道：「那和我華夏國有何關聯？」

「如果他幫助曹操，曹操就會成為華夏國的頭號勁敵。為此，只要貴國皇帝答應舍弟的三個條件，舍弟便將整個荊州全部送給華夏國。」諸葛瑾道。

「哪三個條件？」

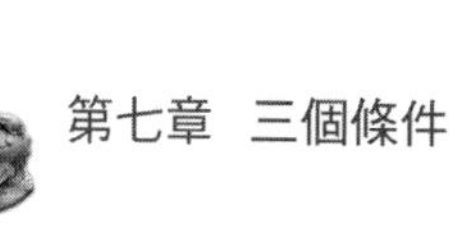

關羽、張飛離開華夏軍的大營，失去馬匹的他們只能靠雙腳走路，踏著厚厚的積雪，沿著漢水的北岸，也不知道走了多少時候，只覺得又累又餓。

一路上，兩人都沒有說過一句話，今天劉備的做法，讓他們兩個都感到十分寒心。

暮色四合，兩人翻過一座土山，看見前面有座破舊的土地廟，對視一眼，便心照不宣的朝著土地廟而去。

土地廟半邊已經倒塌了，兩人坐在完好的另一半邊，升起火，然後盤坐在那裡。

「俺去弄點吃的，餓得快受不了啦，二哥在此稍歇，俺去去就來。」張飛坐了一會兒，摸了摸乾癟的肚子，說道。

「唔！」關羽點點頭，發出有氣無力的聲音。

張飛走後，關羽獨自一人坐在篝火邊，將青龍偃月刀握在手裡，輕輕撫摸著那柄大刀，淡淡地道：「桃園結義二十二載，雲長以身相託，甘願跟隨大哥左右，任其驅策，只是為了拯救天下蒼生。我一生漂泊，此時既然無法回去，又不能做背棄大哥的事，何去何從，誰能賜教？」

等到張飛扛著一隻野豬回來的時候，卻發現關羽已經不知所蹤了，破舊的土地廟裡，篝火還在旺盛的燒著，青龍偃月刀筆直地矗立在地上，柄端深入泥土，森寒的刀光折射出微弱的火光，一條盤旋著的龍看起來活靈活現。

「二哥……二哥……」

張飛將野豬放下，急忙繞著土地廟跑了一圈，卻沒有瞅見關羽，雪地上甚至連腳印都被新下的雪覆蓋住了，讓人無跡可尋。

尋了半天，張飛找不到關羽，但是見青龍偃月刀還在，便自言自語地道：「二哥不知道跑哪裡去了，青龍偃月刀還在這裡，向來和二哥形影不離的……」

想了許久，張飛也沒想出所以然來，心想可能是因為自己打獵去了太久，關羽餓得受不了，也出去打獵啦。

「反正二哥的青龍偃月刀在，他一定會回來的，我先把肉烤好，等二哥回來，就能吃到烤好的肉了。」

說幹就幹，張飛拔起插在地上的青龍偃月刀，用這鋒利無比的刀去屠宰野豬。

但見張飛掄起那把青龍偃月刀，快速地在野豬身上一陣亂砍，刀鋒所過之處，竟然只黏了一點點的血，這一手殺豬的刀法露出來，若是關羽在場，肯定要驚掉大牙，這刀法簡直是出神入化了。

早年張飛是個屠戶，以殺豬為業，手拿屠刀，殺起豬來那叫一個神速，殺豬刀一揮，絕對可以讓人眼花繚亂。

放下青龍偃月刀，張飛苦笑道：「沒想到二哥的殺人利器用起來比殺豬刀還爽，更讓俺沒有想到的是，這天下第一刀現在居然只能用來殺豬，不知道是天意弄人，還是一種諷刺？」

丟下青龍偃月刀，將刨開肚子的野豬掛在青龍偃月刀上，張飛持著丈八蛇矛一番刺殺，便將野豬的內臟全部去除了，然後又到外面弄了點雪，找了一個能裝水的東西，將雪放進去，放在火上烤，很快便化成了水，用雪水清洗了豬肉，又用青龍刀剔掉野豬的毛，再用丈八蛇矛串起野豬，放在篝火上烤，這才算完事。

不知道過了多久，野豬肉熟透了，散發出香噴噴的肉香來，可是關羽還沒有回來。

張飛餓壞了，吃了半隻豬，留下另外一半給關羽。吃飽之後，漸漸地感到睡意，便裹住身體，倒在篝火邊睡著了。

第二天早上，張飛醒來之後，見篝火已經熄滅了，那半隻豬仍然在篝火的架子上，可是關羽卻沒有回來，讓他感到有些擔憂。

「二哥到底去哪裡了？怎麼那麼久還不回來……」

正當張飛說話的時候，無意間看見殘破的牆壁上寫了一行字，像是用刀刻上去的，他認識那筆跡，是關羽的。

他急忙看了過去，但見牆壁上面寫著：

「三弟：我一生漂泊，四海為家，昔日桃園結義，立下誓言，共佐兄長，希望能夠建立一番豐功偉業……可是，到頭來卻是一場空……三弟，為兄知道你刀法不弱，只可惜登不上大雅之堂，這青龍偃月刀內藏有為兄最厲害的刀法，今日離別，無以饋贈，只能以此刀法相送，希望你好好學習，不要辜負為兄的一片心意。為兄走了，你多多保重，若有緣，自然會有相逢的一天。關羽字。」

看到關羽以牆為書，寫下的這段話後，張飛的心情再也難以平復，眼眶中飽含著熱淚，仰天怒號道：「大哥要殺我，二哥又離我而去，我該何去何從？」

哭夠了，嚎夠了，也累了。

張飛擦拭了一下淚水，一把將青龍偃月刀給拎了起來，掏弄了半天，終於在青龍偃月刀的柄端發現了一個暗格，從暗格中取出一套名為「飛虹六式」的刀法，看完才知道，關羽所使用的高深刀法竟然全部來自於此，而且關羽也才修煉到第五式「萬軍煞」而已。

張飛不知道此刻自己該何去何從，劉備那邊肯定是回不去了，可是高飛那邊他也不想去，至少現在不能去，不能和自己的大哥為敵。

思來想去，他決定帶著青龍偃月刀去尋找關羽，不管關羽身在何處，他都要找到他，而且自己也要將這天下第一刀還給他，路上他可以慢慢參透關羽的刀法。

張飛左肩扛著青龍偃月刀，右手提著丈八蛇矛，背後掛著半隻烤好的野豬，便大搖大擺地走出了破舊的土地廟。

出了土地廟，張飛向江陵的方向看了過去，想起了自己的老婆孩子，他狠狠心，淡淡說道：「高飛義薄雲天，一定會將你們救出來的，俺去了，反而容易誤事，婆娘，兒子，等我找到了關二哥，我會回來見你們的！」

言畢，張飛轉身便走，但見四下裡茫茫一片，姑且走一步算一步，先找個有人的地方去問個明白。

劉備、諸葛亮回到襄陽後，為了安定國內，便揚言說關羽、張飛均被高飛屠殺，說高飛那邊都是假關羽和假張飛，並且發布了國喪，一時間襄陽上空烏雲密布，國人和將士們都無不悲憤萬分。

前次許劭病逝，這次關羽、張飛雙亡，讓那些投降派更加動搖了。

但是，劉備採取了高壓政策，派人秘密監視那些在朝堂上主張投降的人，並且將一些小官抓去拷問，一時間鬧得滿城風雨。

諸葛亮雖然在劉備的身側，卻苦勸不住，加上和劉備之間又沒有太多的情誼，也只能乾瞪眼。

不過，劉備越是這樣，在他的內心似乎就越高興，因為他謀劃的一切也即將到來，半個月後，劉備將永遠的離開這個塵世，荊州也將再次易主。

襄陽城內，韓嵩、和洽、劉先、傅巽等人都是人人自危，和洽帶著十萬水軍在外還算安定，至少劉備一時半會兒不敢動他，加上每次朝會他都不在場，所以自然能夠免去嫌疑。

可是，韓嵩、劉先、傅巽就不一樣了，他們是主動投降的人，現在下面的屬官受到了拷問，生怕會連累到自己，在家中如坐針氈。

孫乾、糜竺、簡雍、糜芳都是劉備的舊臣，他們也跟著勸慰劉備，可是劉備因為關羽、張飛的事，像是變成了另一個人，無論怎麼勸，劉備都不聽。

伊籍、蔣琬、田豫、嚴顏看後，也是一陣痛心疾首，這個時候採取高壓政策，無疑會讓人心渙散。

半日之內，襄陽城內便公布了賣國通敵的名單，這份名單涵蓋了校尉以下許多小官，一共一百一十七人，都是劉表舊臣，一天之內全部被滿門抄斬，死者竟然高達七百多人，一時間襄陽城內人人自危。

當消息報告給劉備之後，劉備竟哈哈大笑起來，一臉猙獰地說道：「死了好，死了以後，就沒那麼多煩心事了，凡是反對朕的，統統得死！」

諸葛亮聽到後，心裡更是歡喜，暗暗想道：「**時機快要成熟了……**」

江陵。

城外白雪茫茫，吳軍大營裡旗幟飄展，孫策、周瑜正在謀劃著下一步棋該怎麼走，忽然外面進來一個人，見是周泰，孫策便問道：「何事如此匆忙？」

「華夏國派來使臣來了，正在轅門外，臣前來通報。」

「嗯，請他進來吧。」孫策道。

「遵旨！」

孫策轉臉看向周瑜，問道：「這個時候派使臣過來，意欲何為？」

周瑜笑道：「大概是敦促我們進攻吧，我們駐紮在這裡差不多五六天了，一直沒有採取攻勢，估計華夏國也坐不住了。一會兒使臣來了，陛下還需見機行事。」

「瞭解，呵呵……」

不多時，周泰便帶著華夏國的使臣進來，這個人，孫策和周瑜都不陌生，因為吳國和華夏國歷年通好，一直都是由他擔任使臣。

孫策一看司馬朗又來了，笑道：「原來是司馬大人啊，這大冷的天還要讓你跑來跑去的，真是難為你了。」

「為了兩國邦交，為了兩國的友好，外臣走上一遭，費不了什麼事。」

「司馬大人此次前來，不知道所為何事？」孫策讓人上茶，端坐在那裡問道。

「哦，其實也沒有什麼事，只是過來看看貴軍進展如何？」

「這天寒地凍的，士兵都躲在帳篷裡，朕也沒有辦法，司馬大人，你回去的時候，轉告貴國皇帝陛下，就說等到開春之後，我軍定然會對江陵展開攻擊。」

「哦，這個一定。不過，我這次前來，還有另外一件事，希望皇帝陛下能夠准予通融。」

「什麼事？」

「我們皇上的一個朋友，家眷陷在江陵城裡，所以讓我來交涉，如果皇帝陛下能夠退兵十里，暫時解除江陵城的包圍，等我救出那降將的家眷再包圍不遲，不知道陛下可否通融一番？」司馬朗道。

孫策看了周瑜一眼，見周瑜點點頭，便道：「當然可以，只是，先生要如何進城呢？」

司馬朗答道：「兩國交兵，不殺來使，我想他們不會對付一個手無寸鐵的人的。皇帝陛下，外臣還有要事在身，請陛下下令吧，外臣才有進城和敵軍交涉的籌碼。」

孫策對周泰說道：「幼平，你都聽見了，還不快去傳達命令！」

周泰「諾」了聲，便出了大帳，司馬朗也隨後告辭。

孫策見司馬朗走了，不解地道：「公瑾，司馬朗此來的目的似乎並不是催促我們進兵，好像是要從江陵城裡接出什麼人。」

「靜觀其變，伺機而動。如今荊南四郡已經全部掌握在我們的手中，江陵已經是一座孤城，只要死死的圍住，江陵早晚被我軍拿下。如今江陵城裡有十萬軍隊，我軍不過才十五萬，強行攻城必然會造成損傷，可能會傷亡很多，不如先讓華夏國開打，我軍靜觀其變，最好是他們兩敗俱傷，我們再出兵占領江陵、襄陽等地。」周瑜道。

「公瑾，朕真是越來越佩服你了。」

周瑜和孫策相視而笑，對於周瑜來說，心中一直對華夏國有所戒備，包括孫策在內，也是如此。這些年，吳國效仿華夏國，展開煉鋼的工業，開礦、採礦等等同時進行，在兵器和裝備上已經大有提升了，暫時告別鐵器時代，進入了鋼鐵時代。

不過，吳人冶煉的技術始終不如華夏國，造出來的鋼鐵裝備也不如華夏國的堅硬，兵器也不夠鋒利，但是對付山越、越國、荊漢這些較為落後的國家，還是有很大的效果。

但是，吳國卻忽略了一個本質問題，那就是要想發展工業，必須有強大的農業作為支撐，起初幾年吳國的工業突飛猛進，但是最近一兩年的時間裡，吳國境內出現了多次饑荒，水患、泥石流、海嘯伴隨著吳國，使得孫策和周瑜不得不暫時放棄工業的發展，從而將資金全部用在了興修水利，開墾農田上，方才逐漸穩住國內局勢。

直到後來，孫策和周瑜才想明白一個問題，那就是當時高飛為什麼會這樣幫助他們，送給他們新式武器連弩，以及精鋼製成的武器和裝甲，甚至連利用鴿子

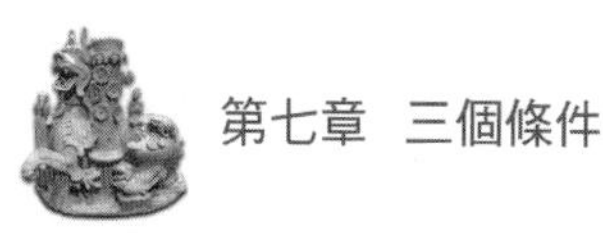

傳遞訊息的技術也一併送了過來。

表面上看，高飛是在幫他們，實際上是在害他們，因為，近年來為了開採礦產，冶煉鋼鐵，吳國耗費之巨，以至於無法拿出錢財去幹其他的事情，**兵甲雖利，卻也造成了百姓的饑荒**，自然災害也隨之而來，新平定的山越等地民心不夠穩妥，經常發生暴動。

吳國外強中乾，這是一個溫水煮青蛙的過程，也是高飛支援吳國的最終目的。

除了這些，高飛還對吳國施行了經濟上的掠奪，他在每次商貿中，都會加上一些吳國境內常見但是又不值錢的，還有一些吳國沒用的東西，比如吳國境內的水果、蔬菜、植物還有橡膠等等，用北方產的糧食作為交換，看似是在扶持吳國，可實際上，卻是一種變相的經濟掠奪。

尤其是對一些植物的需要，導致在吳國境內掀起一番開挖大山的行動，成片成片的森林被砍伐，植被遭到破壞，所以大雨一下，就會產生洪澇災害。

這些問題，周瑜和孫策直到五年後才看出來，然而為時已晚，五年來，換來的只有那堆兵器和裝甲，卻丟掉了很多更重要的東西。

此次出兵，孫策和周瑜意見一致，那就是搶占富饒的荊州，以荊州這片盛產糧食的地方，來彌補吳國境內糧食的嚴重不足。

當日，吳軍兵退十里，司馬朗這才得以有進入江陵城談判的籌碼。

司馬朗單騎奔馳到江陵城下，此時雪已經停了，但是厚厚的積雪依然健在，城頭上的漢軍將士都是嚴陣以待，看到城外翩翩來了一個騎士，不由得都是一陣迷糊。

「華夏國外交部，尚書令司馬朗，奉我華夏國神州大皇帝陛下的旨意，前來江陵求見漢荊南大都督諸葛大人，煩請通報一聲。」

司馬朗這個外交部的尚書令當的是如魚得水，這幾年他走過許多地方，憑藉三寸不爛之舌，為華夏國立下了不少汗馬功勞。

江陵城上的人聽了，都是一陣吃驚，因為包圍他們的是吳國的軍隊，可是來的使臣卻是華夏國的，而且還是單人單騎。

不過，守城的校尉並未怠慢，急忙派人去太守府通知荊南大都督諸葛瑾。

諸葛瑾這五年來一直留守荊南四郡，輔佐關羽、張飛，關羽、張飛調走之後，他就被封為荊南大都督，統禦漢國的半數兵馬。

事實上，在諸葛亮登臺的那一刻，漢國的兵馬就控制在諸葛氏的手裡，諸

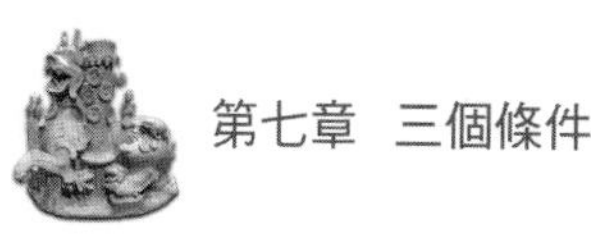

葛亮在襄陽，諸葛瑾在江陵，兄弟二人竟然肩負起漢國的命脈。

太守府內，諸葛瑾聽到司馬朗來了，笑道：「等了那麼久，終於等到他來了。」

當即，諸葛瑾便命人打開城門，親自去城門口迎接，儀仗隊伍一字排開，對司馬朗顯得很是重視。

司馬朗沒有料到會有這種結果，見諸葛瑾親自帶著儀仗隊伍出迎，也有點迷惑。

兩下照面，司馬朗翻身下馬，一身寬袍的他朝著諸葛瑾拱手道：「華夏國外交部尚書令司馬朗，見過荊南大都督諸葛大人。」

諸葛瑾身體修長，白面青鬚，一身墨色的長袍看上去極為儒雅，而且他本人也有長者之風，所以待人接物總是顯得格外親切。

諸葛瑾對司馬朗並不陌生，之前曾經在蜀漢國的都城內有過幾面之緣，所以兩人一見如故。

諸葛瑾親切地拉著司馬朗的手，呵呵笑道：「伯達兄，我可是等候你多時了，這裡冷，快快入城吧。」

司馬朗比諸葛瑾要略大兩三歲，所以諸葛瑾才稱呼司馬朗為伯達兄，伯達，是司馬朗的字。

司馬朗聽後，心裡暗暗想道：「諸葛子瑜如此熱情，是何道理？」他也不多想，暫且跟著諸葛瑾入了江陵城，兩人在太守府內坐下。

諸葛瑾命人升起火爐，端上酒食，之後便摒退了左右。

「伯達兄，請！」諸葛瑾端起一壺溫過的酒，親自給司馬朗倒了一杯。

司馬朗一飲而盡。他心存疑慮，忍不住問了出來：「子瑜賢弟，你好像知道我要來一樣……」

諸葛瑾也不隱瞞，點點頭道：「不僅知道你要來，我還知道你此來的目的。」

「你知道？」司馬朗一陣驚詫。

「你不是為了關、張兩位的家屬而來的嗎？」諸葛瑾從不飲酒，便以茶代酒，一飲而盡。

「……你怎麼會知道？」在司馬朗的印象中，諸葛瑾雖然聰慧，可是絕對不可能未卜先知，所以發出此問。

「實不相瞞，是舍弟告訴我的。」

「令弟？」

司馬朗一時沒有反應過來，在腦海中思索片刻，叫了出來：「諸葛孔明？」

諸葛瑾點點頭道：「正是孔明。」

司馬朗恍然道：「如果是孔明，那就沒有什麼疑慮了，他肯定比你先知道關羽、張飛投降了我軍的……」

「伯達兄何必自欺欺人呢？關、張兩位將軍不會那麼輕易投靠貴軍吧？如果不是舍弟從中作梗，只怕關、張兩位將軍也不會對我主死心。」

司馬朗皺起眉頭，暗想道：「果然有陰謀！當天劉備絕然不可能不認識關羽、張飛，原來一切都是諸葛亮從中作梗，可是，**他這樣做的目的又是什麼呢？**」

「你我相識多年，我也就不瞞你了，如今西魏的大軍正在攻打西蜀，劉璋暗弱，被曹操攻下也是必然的事情。值得一提的是，此次曹操征討劉璋，所用之人乃鳳雛，此人有經天緯地之長，長於軍事，善於攻防，一路披荊斬棘，過關斬將，只帶一千精兵為先鋒，一路收降蜀中兵將，連戰連捷，連下二十餘城，蜀中將士盡皆無法阻擋，據可靠消息，鳳雛大軍已經兵臨梓潼，不出半月，便會攻克蜀漢國都成都。」

司馬朗聽後，也是感到一陣心驚肉跳，只以一千精兵便能攻克蜀漢的半壁江山，此人確實很了不起，也很危險。

他看了諸葛瑾一眼，故作鎮靜，問道：「那和我華夏國有何關聯？」

「當然，如果他幫助曹操，那麼曹操就會成為華夏國的頭號勁敵。為此，舍弟已經做下謀劃，**只要貴國皇帝答應舍弟的三個條件，舍弟便將整個荊州全部送給華夏國。**」諸葛瑾道。

「哪三個條件？」司馬朗急忙追問道。

諸葛瑾給司馬朗倒了一杯酒，給自己倒了一杯茶，舉起茶杯對司馬朗說道：「伯達兄一路辛苦，應該先吃好喝好，然後，我們再談條件！」

司馬朗被諸葛瑾給吊足了胃口，如果真如諸葛瑾所說，那麼此次南征必然會省去很多事情，他曾經聽高飛說過臥龍、鳳雛的事，知道這兩個都是不世出的奇才，如今臥龍諸葛亮有心要投靠華夏國，這是多麼求之不得的事啊。

他坐立不安，急忙喝下一杯酒，追問道：「到底是哪三個條件，你快說出來，我才能安心吃喝。」

「伯達兄如此心急，那好，我就不賣關子了。舍弟提出了三個條件，第一個就是：**一旦舍弟將荊州讓給貴軍，舍弟必須入職貴國參議院，擔任丞相之職。**」諸葛瑾道。

「第二個呢？」司馬朗追問道。

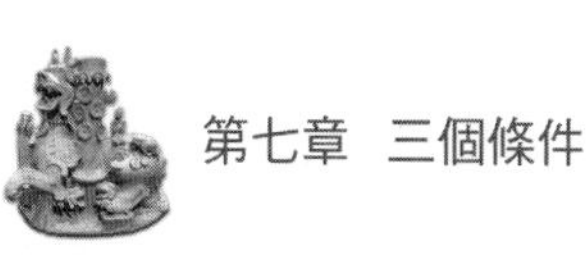

「第二個，**必須讓舍弟留鎮荊州，統屬原漢軍所有兵馬。**」

司馬朗皺起了眉頭，接著問道：「最後一個呢？」

「必須**封舍弟為王，永鎮荊州，世襲。**」

司馬朗聞言道：「第一個、第二個條件或許還有商量的餘地，但是第三個，我主是絕對不可能答應的，華夏國禁止異姓封王，就算是皇子，到現在也還沒有封王，令弟憑什麼封王？」

諸葛瑾道：「這是舍弟開出的三個條件，我只是代為轉達，至於實際如何操作，還需舍弟和貴國皇帝陛下一起磋商。為了表示誠意，我會派出軍隊護送關、張兩位將軍的家屬渡過漢水，你們只需在對岸接應即可。」

「另外，江陵地處要衝，吳國早有覬覦，如果貴軍和舍弟談不攏，那麼整個荊州就會拱手讓給吳國。我想吳國的皇帝孫策應該會比華夏國大方一點。」諸葛瑾語帶暗示地道。

「吳、漢有世仇，漢軍殺了吳國孫策之父，此仇不共戴天，他怎麼可能會跟你們談條件？」

「冤有頭，債有主，孫策也只會去找劉備，跟我們兄弟無關。」

司馬朗急道：「我回去之後，必會如實稟告皇上，在我們沒有任何回覆的情況下，請切勿和吳國進行交涉。我會想辦法鞍前馬後的促成這三個條件的，但是到底要如何實行，還需要令弟和我主親自洽談。」

諸葛瑾道：「如此最好。來來來，我們正事談完，就該談私事了。」諸葛瑾笑著舉杯。

司馬朗此時早已是思緒上下翻湧了，哪裡還有心思飲酒吃飯。草草吃了飯後，便和諸葛瑾約定了一個時間，然後準備在江北接人。

諸葛瑾也很爽快，一口便答應了，並且派出兵馬，護送司馬朗離開，隨後派出兵馬，讓關羽、張飛的家眷全部離開了江陵城，謊稱關羽、張飛在前線打了勝仗，攻克宛城，正準備向洛陽進發，因而要接全家去宛城。

關羽、張飛的家眷信以為真，被一千名騎兵保護著，便浩浩蕩蕩的被送走了。

與此同時，諸葛瑾為了防止吳軍騷擾，主動派出兵馬，佯攻吳軍大營，這才使得吳軍分身乏術，無從知道關羽、張飛的家眷被送走了。

司馬朗出了江陵，路上正巧遇到卞喜下屬的斥候精英，便讓斥候將消息通傳到高飛那裡，自己折道返回，又重新回到江陵，他生怕諸葛瑾耍詐，又擔心吳軍攻城，想在中間左右。

諸葛瑾見司馬朗去而復返，也沒說什麼，照樣熱情款待。

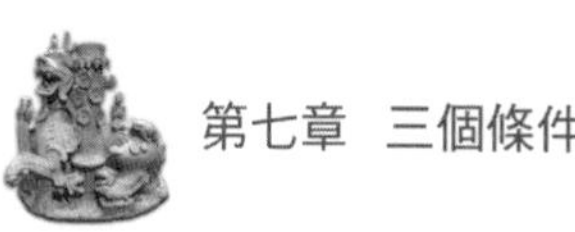

吳軍本就不想進攻江陵，又以為司馬朗走了，所以乾脆繼續原地待命，江陵之事就暫且擱下了。

鄧縣漢水沿岸，華夏國的大營已經全部紮好，包括水軍營寨，沿江一帶二十四座水門，以大船居於外為城郭，小船居於內，可通往來，至晚點上燈火，照得水面通紅，岸上營寨連綿百餘里。

冬日寒冷，士兵卻依然是熱火朝天，經過長達兩個月的調兵遣將，三十萬大軍已經全部集結完畢，漢水沿岸，華夏國黑底金字的大旗迎風飄展。

這日，高飛騎著驊騮正在巡視軍營，忽然來了一名斥候，將司馬朗的事奏報過來，他立刻心花怒放起來，如果真如司馬朗所言，那麼這次南征就可以兵不血刃地拿下整個荊州了。

回到營帳後，他按照司馬朗給的聯繫方式，親筆寫下一封書信，然後讓斥候轉交給在荊州潛伏的卞喜，讓卞喜去和諸葛亮聯絡，相約五天後在漢水的江面上會晤。

斥候走了以後，高飛這幾天來的心結總算解開了，對那天劉備為何用弓箭射殺關羽、張飛，總算得到答案。

不多時，趙雲走了進來，抱拳道：「皇上，不知道傳喚臣有何要事。」

「子龍，上次迎戰關羽、張飛時，似乎你不太盡力啊，我想知道是怎麼回事？」高飛一臉笑意地問道。

趙雲心裡清楚，早晚高飛會來問自己的，也不隱瞞，如實地答道：「臣有些許顧慮，所以……」

「是因為你的妻子懷孕之故嗎？」高飛問。

趙雲點點頭說道：「臣有罪，請皇上責罰！」

高飛道：「你有何罪？我能理解你的心情，你現在是做父親的人了，擔心自己太過拼命，萬一有什麼三長兩短，尚未出世的孩子就會沒有父親，對吧？」

「臣知罪！」

「好了好了，事情都過去了，人之常情嘛，幸好上次抓住了關羽、張飛，這件事就這樣過去了。我叫你來，是想讓你去做一件事。」

「請皇上吩咐，臣萬死不辭！」

「據可靠消息，曹魏正在攻打蜀漢，蜀國已經被攻下了一半，我軍也不能坐井觀天，三十萬大軍對付漢軍綽綽有餘，我想派你帶著一支偏軍，沿著漢水西進，然後轉沔水，一路去攻打房陵、上庸、西城、錫縣四地，這四個縣的地理位置十分重要，千萬不能有失，趁著曹魏大軍還在攻略蜀郡之際，你此時前去收服，四縣必然會聞風而降。之後，你駐軍西城，以防止曹魏從漢中和長安的兵馬，切斷子午道，並且收降潰散的蜀漢軍隊。」高飛將自己的戰略意圖給說了出來。

趙雲聽後，欣然領命，沒有絲毫的猶豫。

「很好，朕撥給你三萬兵馬，你帶上足夠的糧草，今天便出發，越快越好。」高飛令道。

「諾！」

趙雲出去之後，高飛將賈詡、荀攸、郭嘉、田豐、荀諶、司馬懿全部叫了進來，向他們說明了諸葛亮的三個條件。

眾人聽後，都是一陣皺眉，除了第一個條件外，眾人皆認為後面兩個條件不可答應。

高飛想了想說道：「你們之中，肯定有人持有反對意見，不妨說來聽聽。朕雖然愛才，但是也絕對不能步沮授後塵。如今諸葛亮拋磚引玉，必然有所圖謀，我已經派人暫且答應他的三個條件，並且約他會晤面談，從中窺探他的意圖。你們若有何良言，儘管說來給朕聽，即使說錯了，朕也絕不怪罪！」

賈詡老謀深算，第一個發話，道：「陛下，臣以為，諸葛亮此舉必然有詐！無緣無故，他為何要獻此殷勤？況且劉備尚在，他又怎麼能大權在握？或許江陵可以，可是襄陽決計不能，而且吳軍又占領了半個荊州，二十萬兵馬在荊州境內枕戈待旦，說要獻出整個荊州，臣以為很是不切實際，或許是諸葛亮的推託之詞，借此機會讓我軍貽誤戰機。」

荀攸道：「臣也有同感。」

田豐、荀諶也道：「臣等附議。」

唯獨郭嘉、司馬懿沒有發話，坐在那裡不吭聲。

高飛看了兩人一眼，問道：「兩位愛卿是何意見？」

郭嘉沉穩地道：「臣以為，諸葛亮此舉未必有詐，他的條件列的非常清楚，就是想成為荊州之主。吳軍雖然有二十萬枕戈待旦，但是由於吳軍出兵倉促，調集兵馬特別急，甚至將征討士燮的兵馬也抽調了出來，可見吳軍確實想占領荊州，此時戰火未開，是在養精蓄銳，調整狀態。如果再遷延時日，只怕吳軍就會緩過氣來。諸葛亮敢說這樣的大話，必然有所對策。臣覺得，陛下可以和其會晤之後再做打算，畢竟這是兵不血刃的一個良機。」

高飛聽後，覺得郭嘉說得也有道理，便問司馬懿：「仲達，你是何意見？」

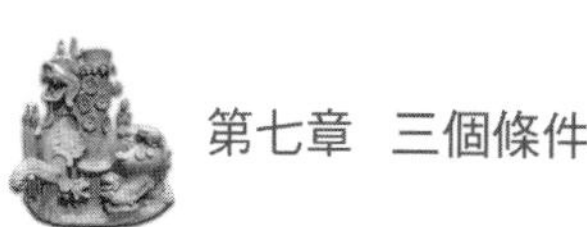

「臣沒有意見。」司馬懿道。

「沒有意見？」高飛好奇道。

「因為臣還暫時沒有看出諸葛亮想要幹什麼，所以沒有意見。」司馬懿解釋道。

高飛聽了說道：「好吧，諸位的意見我已經有所瞭解，那就一切在和諸葛亮會晤之後，再做打算。」

散會後，高飛單獨留下司馬懿，問道：「仲達，你當真沒有看透諸葛亮在想什麼？」

司馬懿點了點頭，說道：「臣不敢有半點虛言，諸葛亮如今已經是一人之下，萬人之上，按照家兄的消息，諸葛瑾似乎也控制住了江陵城的十萬兵馬，襄陽城二十萬，前次被我軍打掉了將近四萬人，剩下十六萬多人，如果這些兵馬全部握在諸葛亮的手裡，足以擁有和陛下談判的籌碼。」

高飛道：「以諸葛亮之才，在劉備的眼皮子底下控制十六萬多的兵馬，未免有些牽強，劉備好歹也是一方霸主，其才能雖然並不突出，但是頗有御人之術，為什麼那麼多人願意跟著他，想必也有其人格魅力。我始終覺得，這件事頗有蹊蹺，諸葛亮早不降晚不降，偏偏這個時候降，很難讓人不猜疑，**如果他真有投降**

之心，為什麼還公然向我下戰書，還在宛城大敗我軍，致使我軍傷亡慘重？」

司馬懿聞言道：「皇上，或許還有一種可能……」

「什麼可能？」高飛急忙追問道。

「那就是**諸葛亮在向你……向華夏國展示什麼**……皇上令臣在琅琊尋找諸葛亮，不就是看中他的才華嗎？諸葛亮一家雖然從琅琊遷走，但是族人還在，知道皇上處心積慮的在尋找諸葛亮，豈能不以書信的方式轉達諸葛亮？如果諸葛亮只是把劉備當做他成名的一個跳板，那麼在宛城一戰，他的名字就已經被天下所知了，成名的目的早達到了。」

司馬懿說到一半，便打住了話語，不再繼續說下去。

高飛催促道：「繼續說下去！」

「臣遵旨！」司馬懿又道：「臣以為，良臣擇主而事，劉備大勢已去，是人都能看得出來，諸葛亮乃智謀之士，又怎麼會看不出來?!前者鳳雛離漢入魏，今者又率領魏軍一路攻克蜀漢的半壁江山，不就是為了一個能夠讓自己發揮才華的地方嗎？諸葛亮號稱臥龍，又與鳳雛齊名，自然能夠洞察其中的細節，所以，臣認為，諸葛亮此次和皇上提出條件，目的很明確，就是想有一個更大施展才華的平臺。」

「你是說，**諸葛亮投靠我是真？**」

高飛聽完，也覺得很有道理，可是一朝被蛇咬，十年怕井繩啊，上次他為了一個沮授差點丟失性命，這次又來一個諸葛亮，他能不謹慎嗎？

有道是**不怕流氓會武功，就怕流氓有文化**，與那些武力超群的一等一的武將想比，智謀之士的殺傷力顯然要高出武將許多。一個武將，就算有再怎麼高超的武藝，終究是一個人在戰鬥，要想俘虜他，也相對簡單。

可是**智謀之士是躲藏在暗處的，你看不見他，他能看得見你，而且對付你的手段也讓你防不勝防**，他不會像武將一樣單獨衝出來找你拼命，而是躲藏在成千上萬人的背後，用他們的智謀，把你玩得團團轉，等你暈頭轉向、身心疲憊之後再來收拾你，那就很容易了。

所以對付智謀之士，高飛需要十分小心，如果一個閃失，可能丟失的就是數以萬計的人的性命。歷史上的赤壁之戰，就是高飛的前車之鑒，他必須保持冷靜的頭腦，戒驕戒躁，才能立於不敗之地。

司馬懿又道：「至少在目前，臣還看不出諸葛亮有任何玩陰謀詭計的地方，而且他的第一個要求就是入職參議院，以丞相自居，這一點，不是所有的降將都有膽量提出來的。諸葛亮聰明的地方就在於，**他善於審時度勢，知道什麼時候該**

降，什麼時候該打。現在投降，他的手中還有籌碼，如果真的等到以後被我軍給打敗了再降，他還有何面目再提出同樣的要求？」

高飛聽完司馬懿這一席話，不禁讚道：「很好，你的思路和那些樞密院的太尉大人們不一樣，郭奉孝雖然也持不同意見，卻沒有你分析的如此透澈。你如此瞭解諸葛亮，倒是讓我刮目相看了，聽說你一直從情報部那裡購買機要的情報？」

司馬懿大吃一驚，急忙跪在地上，連連叩了幾個響頭，道：「臣有罪！臣罪該萬死！臣……」

「好了好了，起來吧，朕又沒有說要罰你，情報部直屬於朕，任何情報都會向朕這邊匯總，你以為憑你的那點俸祿就能收買林楚？別忘了，林楚是卞喜的副貳，是卞喜一手提拔起來的，也是卞喜親自教授的。情報部的人員挑選，一直以來都極為嚴格，所以每一個情報人員對朕都是忠心耿耿的。」

司馬懿狐疑地問道：「那為什麼林侍郎還願意賣給臣情報？**難道說這一切都是皇上的旨意？**」

林楚是情報部的侍郎，是卞喜的副貳，右北平無終人，在高飛出兵攻打袁紹時，曾經代替受傷的卞喜出使晉國，成功的將呂布引到冀州，並與高飛並立合作

攻打鄴城。

後來，在斥候體系中，又屢立奇功，在卞喜潛伏在魏國的那兩年內，所有的斥候都由他一個人負責，所以華夏國建國之後，林楚便以功勞官封情報部的侍郎，官居正三品。

其實，司馬懿和林楚的認識，也是一個偶然，當時司馬懿還小，在薊城玩耍時，誤打誤撞的碰上了一籌莫展的林楚，問明事情的緣由後，便給林楚出了一個主意，幫助林楚解決了困難。從此以後，兩個人便成了忘年交。

司馬懿出任琅琊知府時，由於琅琊府處於華夏國的東部，青州、徐州一帶相對安定，而司馬懿也想知道一些國家大事，便動用了這層關係。

此時聽高飛說起這件事來，司馬懿登時驚出一身冷汗，本以為自己可以滲透情報部，哪知道這一切竟然是高飛安排的。

「呵呵，你既然知道了，朕也不打算再瞞你了，在你出任琅琊知府的那兩年時間裡，林楚所給你的一切情報，都是經過朕的授意。朕怕你孤陋寡聞，不知道時勢，如此而已。你且起來吧，地上涼，跪久了對膝蓋不好。」

司馬懿擦拭了一下額頭上冒出的冷汗，心想這個皇帝實在太可怕了。

高飛看了司馬懿一眼，見到司馬懿的表情，在心裡一陣冷笑，暗暗想道：

「你是歷史上最懂得韜光養晦的人，而且極其富有野心，如果不對你防著點，那我豈不是在為你做嫁衣？還好你的表現沒讓我失望，這一次給你提個醒，是讓你知道，別以為你做的那些事就真的神不知鬼不覺了，我可是清楚得很呢。」

在高飛的心裡，對司馬懿既要用，又要防，必須要把握好分寸，不然的話，很容易出事。

打一棒槌，再給你一個糖吃，這種手段最適合對付司馬懿了。在他的群臣當中，他唯一提防的人，就只有司馬懿了，因為司馬懿是歷史上赫赫有名的野心家，不得不防啊。

所以，一直以來，高飛在司馬懿身邊都安插有眼線，時刻監視著司馬懿。當然，這一切司馬懿並不曉得，一直都被蒙在鼓裡。

司馬懿站起來後，高飛從懷中拿出一道聖旨，對司馬懿朗聲道：「司馬懿聽旨！」

「臣軍師將軍司馬懿，跪聽聖旨！」

司馬懿剛站起來，趕忙又跪了下來。剛才高飛的一席話讓司馬懿覺得高飛很可怕，高飛太聰明了，聰明的讓他不敢有任何歪心雜念，這回又突然給他下聖

旨，讓他的心裡噗通噗通的跳個不停。

「從今天起，朕封你為征南大將軍，撥給你五萬馬步軍，借路江夏，迂迴到襄陽和江陵城之間，然後攻下一座城池，切斷襄陽和江陵兩地的所有聯繫。」

司馬懿受寵若驚，突然給他加官進爵，又讓他統領兵馬，這是何等的殊榮啊，他急忙拜謝道：「臣司馬懿領旨謝恩！」

「嗯，起來吧，你此去深入敵後，必然危險重重，為此，朕特別派遣張郃、陳到、文聘、賈逵到你帳下聽用，你征南大將軍之職，名冠四人之上，一切軍事行動均由你做主，另外，朕再派樞密院太尉郭嘉去做監軍和軍師，你們早晚商議，切勿有失。」高飛繼續說道。

「臣遵旨。那諸葛亮投降之事？」

「這件事朕自有主張，不能被諸葛亮牽著鼻子走，此外，甘寧的五萬水軍已經快要抵達江陵了，朕會傳令給他，讓他和你並肩作戰，以十萬之眾切斷江陵和襄陽城之間的所有聯繫，給諸葛亮施加壓力！」

「臣明白了。」

這時，張仲景帶著盧橫從外面走了進來，高飛便將司馬懿打發走，讓他去點齊兵馬，克日出征。

「臣等參見皇上。」張仲景、盧橫拜道。

高飛問道：「是不是讓人失憶的毒藥一直沒有研製出來？」

張仲景一臉的慚愧，嘆道：「皇上，此藥太難研製，臣是力不從心啊，反覆煉藥數十次，沒有一次成功的。」

高飛聞言道：「罷了罷了，此藥不煉也好，反正分化劉備、關羽、張飛的目的已經達到了，再煉製這樣的藥物也沒什麼用了。」

話音一落，高飛對盧橫道：「你試藥這麼多次均不成功，也該有所覺悟了吧？或許是我太異想天開了，因為世界上根本沒有這種藥，如果你真的想洗心革面，重新來過的話，你就聽我的，忘記所有過去的一切，從頭開始。」

盧橫汗顏道：「罪臣已經無臉面再立足於天地間……」

「你連死都不怕，還怕活著嗎？」高飛怒道。

盧橫沒有回答。

「朕決定了，賜你國姓，從此以後，你就叫高橫，繼續擔任你的衛尉，宿衛皇宮，保護京畿，盧橫已經死了。」高飛令道。

張仲景趕忙對盧橫道：「還不快謝陛下隆恩?!」

盧橫感激涕零，當即跪在地上，哭道：「陛下隆恩，臣萬死難以得報，從此

以後，這個世界上再也沒有盧橫，只有高橫。」

高飛將高橫扶起，拍了拍高橫的肩膀，說道：「你我出生入死多年，朕能為你做的，也只有這麼多了。京畿還需要你的駐守，你且返回洛陽，協助管寧、邴原、蓋勳、鍾繇共同鎮守京畿重地。」

於是，高橫辭別高飛，踏上返回京畿的道路。

高橫走後，張仲景不解道：「陛下，此時正值用人之際，高將軍也是一員良將，為何卻將他趕回京城呢？」

「這裡人才濟濟，才華出眾者更是多不勝數，他已經失去了表演的舞臺，不如讓他暫且回去守備京師，必要時還可以從洛陽出兵協助徐晃。」高飛緩緩說道，眼裡放出了一絲光芒。

張仲景雖然對軍事和謀略不感興趣，但是多年的從醫生涯，讓他很擅長捕捉人的心理，聽完高飛的話後，隱隱覺得高飛的腦子裡一定又在想什麼事情了，不然嘴角不會露出那一抹似有似無的笑容。

他從懷中掏出一小瓶藥，對高飛說道：「皇上，這是臣煉製成功的失真散，只需要一丁點粉末，就足以讓一個人失憶，臣特意獻給皇上，請皇上過目。」

第八章

何謂謀士

「你還記得什麼才是真正的『謀士』嗎？」

「弟子記得恩師說過，謀者有五境界，一者謀己，二者謀人，三者謀兵，四者謀國，五者謀天下，凡是達到第五境界的人，才能稱之為真正意義上的謀士。」諸葛亮緩緩說道。

「失真……失真散……」

高飛一陣驚詫，他聽張仲景自言煉製失敗，以為張仲景真的做不出這種讓人失憶的毒藥，也就放棄了念頭，沒想到這老小子還真把這種藥給煉製出來了。

他驚喜地將失真散拿在了手裡，看了看，問道：「真有這麼神奇？為什麼你沒有給高橫用？」

「臣知道陛下很在意高將軍，所以一直未敢讓他真的去試藥，而是在兩個俘虜的身上做了試驗，結果很成功，那兩個俘虜連自己是誰都不知道了。臣覺得，若是用這些藥混合在飯菜中給那些俘虜吃，保準他們忘記自己是誰，也省去了許多麻煩。陛下可以派人去拿給兩萬多的俘虜試用，輕鬆讓他們變成華夏國的士卒。」張仲景提議道。

「這個想法好……只是這名字起得容易讓人產生歧義，失真散……不知道的還以為是失去童貞了呢，還是換個名字好……」

「請陛下賜名！」

高飛想了想，道：「那就叫『**忘憂散**』吧，失去了記憶，等於新的開始，以前的憂愁也就忘卻了，叫忘憂散比較合適。」

「真是好名字，那麼從此以後，這新藥的名字就叫『忘憂散』了。陛下，臣再去加緊煉製一些，不然要讓兩萬多人同時失憶，這點藥根本起不到作用。」

高飛點點頭道：「去吧。」

三天後，高飛下令用張仲景煉製成功的新藥「忘憂散」放在兩萬多俘虜的飯菜裡，結果一個時辰不到，兩萬多俘虜集體失憶，那場面真叫一個壯觀。

不過，還好高飛早有準備，讓每個俘虜的身邊都穿插了一個華夏國的士兵，當俘虜們失憶後，華夏國的士兵便用精心編製的謊話，給這些俘虜編上新的名字，這樣一來，這兩萬多人就等於擁有了一個新的身分，順其自然的成為華夏國的士兵。

雖然這個招數有些陰損，卻很實用。

當然，這只是針對士兵，被抓獲的將領並沒有受到這種不公的待遇，高飛派蔣幹天天去做心戰工作，又好吃好喝的供著，將關羽、張飛的事也說了出來，逐漸動搖了霍峻、呂常、董和、王甫的心。

因為這四個人都是關羽一手提拔的，算是關羽的舊部，當聽到關羽被劉備下令無情的射殺時，也是震驚無比。

最後，經過三天的軟磨硬泡，蔣幹終於成功說服了霍峻、呂常、董和、王甫四個人，讓其歸順。

這三天的時間裡，高飛和諸葛亮秘密交涉，通過卞喜在中間牽線，最後講定在次日黃昏時分，各自乘著小船，滑向江心會晤，並且聲明，除了船上的艄公外，不得再帶任何一個人。

這幾天時間裡，襄陽城內的百姓和大臣都生活在白色恐怖之下，劉備發瘋似的亂殺人，不知道為何，他經常在夜裡做夢，夢見有人來向他索命。

第三天的夜裡，他竟然還離奇地夢見關羽、張飛提著刀來殺他。

當他從夢中驚醒時，隱約看見兩個人在門外鬼鬼祟祟，他貼耳聽去，聽見自己的侍衛和宮女私通，一怒之下，提著長劍將侍衛和宮女給斬殺了。

當夜無眠，劉備照著鏡子，看到自己面容憔悴，人也消瘦了許多，不禁為之一驚。

剛到三更天，劉備便下令召集所有大臣開會，一時間禁衛親軍全部被派了出去，每個屯長帶著一隊人，親自到各大臣的家裡去通知帶人。

半夜三更，群臣都在家裡睡覺，忽然聽到門外馬蹄聲不斷，人聲雜亂，不多時府門便被敲得得咚咚直響，像是催命索魂。

家丁剛打開房門，禁衛親軍便闖入大臣家中，將尚在床上躺著的大臣帶走，可憐天寒地凍的，大臣還穿著單薄的衣服，一個個捲縮得像是一條被人遺棄的流浪狗。

此時，皇宮中燈火通明，侍衛、太監、宮女全部從夢中驚醒，白天站在何處，現在還站在何處，一群人筆直的站著。寒風獵獵，冬雪紛飛，只聽一個接一個的打著噴嚏。

在平時上早朝的大殿上，劉備端坐在那裡，穿戴整齊，大殿的四角點上了巨大的爐火，將大殿照得猶如白晝，殿外寒冷異常，殿內卻溫暖如春。

不一會兒，大臣們被禁衛親軍帶入大殿，各個衣衫不整的，哪裡還有一點大臣的樣子。

包括新任丞相諸葛亮在內，他也是半夜被揪起來的，當禁衛親軍闖進丞相府時，他以為出了什麼意外，當知道是劉備夜點群臣時，這才鬆了口氣。

「臣等參見皇上，吾皇萬歲萬歲萬萬歲！」以諸葛亮為首的眾位大臣，一同向著坐在龍椅上的劉備拜道。

「看看你們的樣子，將士們都在枕戈待旦，你們卻在城裡享受安樂，如今敵軍已經兵臨城下了，你們竟然一點憂患意識都沒有，真要是華夏國的軍隊打過來了，闖進你們的家裡，收割了你們的腦袋，豈不是也沒人知道？」劉備怒罵道。

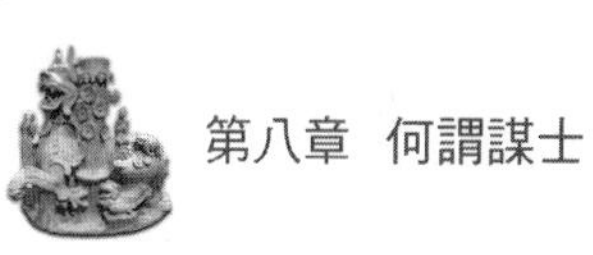

群臣默然。

諸葛亮也搞不清楚劉備這是要幹什麼，怎麼忽然在夜裡叫起群臣。

「從今天起，所有大臣都必須住在皇宮裡，朕早晚有事，也好隨時叫你們來商議。全城戒嚴，任何人沒有朕的手諭不得出城！」劉備說完這句話後，便拂袖而去。

群臣隨之被禁衛軍帶到各自的房間，每人一間，門外站著禁衛軍把守，等於將群臣囚禁了起來。

諸葛亮也不例外，被帶到一個房間裡。

他坐立不安，打開門，衝門外的侍衛叫道：「請你們的將軍過來，本府有話要和他說。」

「丞相大人，實在不好意思，田將軍已經被皇上派出城外了。」

「那嚴將軍呢？」諸葛亮急忙追問道。

「也和田將軍一起出去了。」

諸葛亮暗暗地思量道：「不可能的，我向來行事極為嚴密，絕對不可能有洩密的事情，此時皇上派出田豫、嚴顏出城，又將大臣們全部軟禁起來，到底是意欲為何？」

想了一會兒，諸葛亮想不通，便又對門外的侍衛道：「我要去見皇上！」

「丞相大人，皇上現在不見任何人，丞相大人，實在對不住，這是皇上的命令，我們這些人也只能聽從，此時離天亮還早，丞相大人還是先行睡去，等天亮了，小的再叫大人。」

諸葛亮徹底迷茫了，這樣一來，他的計畫徹底泡湯了。

他在心裡泛起了嘀咕：「到底發生了什麼事？」

天色微明，諸葛亮自從被關進這裡，便覺得有一種莫名的恐懼感，按照他的計畫，劉備應該是在皇宮裡享福，然後他去謀劃一切。

可是，現在完全被打亂了，是自己的計畫被劉備看穿了嗎？

「不可能的……我向來行事縝密，這件事只有我和家兄知道，肯定不會走漏。可是，皇上今天的行為太過反常了，如果黃昏時，我不能趕到漢江上和高飛會面，那麼一切計畫都將成為泡影。」諸葛亮憂心如焚地想道。

諸葛亮苦苦的思索著，自從關羽、張飛被俘虜之後，劉備整個人就變了，以前那種道貌岸然的樣子已經不復存在，現在只要是不如他意的人就要殺，變成了一個濫殺無辜的暴君。

他無法理解關羽、張飛對劉備代表著什麼，更不懂那份桃園結義的恩情，所以他無法看透劉備在想些什麼。

正思慮間，外面的門突然被打開來，衛尉糜芳從外面走了進來，向諸葛亮拜了拜，然後說道：「丞相大人，讓您受累了，皇上召見。」

諸葛亮只穿著一身貼身的衣服，他這樣出去，肯定會凍著，糜芳早有準備，讓人帶來一身官服，正是諸葛亮平時所穿的。

諸葛亮穿好官服後，稍微整理了下儀容，靜靜地跟在糜芳的身後，什麼都沒問，因為言多必失，在他沒有摸清劉備在發什麼瘋的時候，他不會輕易開口。

不一會兒，糜芳帶著諸葛亮便來到了大殿上，大殿內除了劉備以外，再也沒有任何人。糜芳先行告退，在離開大殿時，將殿門給從外面關上了。

「臣諸葛亮，叩見皇上，吾皇萬歲萬歲萬萬歲！」諸葛亮跪在地上，朝劉備行禮道。

劉備沒有言語，從龍椅上起身，徑直走到諸葛亮的面前，繞著諸葛亮轉了一圈，冷笑道：「丞相，朕待你不薄吧？」

「皇上待臣，恩重如山！」

「昔日水鏡先生曾經對朕說過，臥龍鳳雛，二者得一，可安天下，並點名道姓，說你就是臥龍。朕知道之後，便立刻將全國大權委託給你，臥龍啊臥龍，這都差不多半個月過去了，你老是這樣臥著，什麼時候才能一飛衝天啊？」

「臣愚昧，不知道皇上何意？」

劉備突然蹲下身子，伸出手抬起諸葛亮低著的頭，細細地看了一番，嘴裡發出嘖嘖的聲音，道：「長得倒是挺好看的，可是你怎就不辦人事呢？自朕授予你大權以來，你尚未立過寸功，之前你在宛城大戰中的傑出表現到哪裡去了？」

諸葛亮心中很是不爽，有道是士可殺，不可辱，他覺得劉備羞辱了他。

但是，忍一時之怒，換得一世太平，這口氣，他忍下了。

自從在夏丘跟隨劉備之後，他們諸葛氏就一直為劉備效力，先是諸葛瑾，現在又輪到他，這些年恩情也該報完了。

講到劉備的恩情，在荊南時，關羽、張飛酒喝到正酣，隨口提起了往事，諸葛瑾在側，自然聽得很明白。

原來，當年劉備從徐州敗走，路過琅琊時，根本不是去救諸葛氏，而是路過那裡被盜賊阻斷了去路，陰差陽錯下救了諸葛氏，那時，劉備為了逃命，自己都顧不上，又何來的救人。

倒是諸葛氏錯將劉備誤認為是專門來救他們的人，將劉備一直當成恩人來

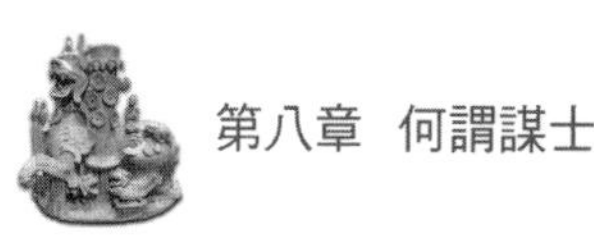

拜。這場誤會，真的好深啊。

自從諸葛亮聽家兄提及，知道事情真相後，原先對劉備的那種感激立馬蕩然無存，再意識到荊漢的現狀，以及華夏國的強盛軍事時，便在心裡做出了選擇。

良臣擇主而事，每個人在未遇到明主的時候，都在不斷摸索，一旦能夠遇到既賞識自己，又能讓自己發揮才能的明主，就會鍥而不捨的去跟隨。

在諸葛亮未出仕之前，和龐統同為水鏡先生司馬徽門下弟子，兩人一龍一鳳，交相爭豔，如今鳳雛已經有所戰績，率領西魏的大軍猛攻西蜀。而他，除了在宛城之戰中小有名氣外，卻沒有什麼大功業。

所以，思來想去之後，**他決定聯合自己的家兄發動一場政變，用劉備一個人的血換取整個荊州的太平**，所以，從一開始便全線撤退，只保留兩座孤城。

然後，他再力薦諸葛瑾成為荊南大都督，統帥江陵十萬兵馬，這樣一來，諸葛氏就成為了實際上的當權者。

然後他再從中挑撥劉備、關羽、張飛的關係，阻止關羽、張飛回來，以免壞了他的大事，再通過諸葛瑾和司馬朗的這層關係，和華夏國做出合理的交涉。

一切都進展的是那樣的順利，包括水軍大都督和洽也被他暗中拉攏了過來，許劭一死，他更是成為丞相，真正的一人之下，萬人之上。

但是他很清楚，這樣的日子不會長久，在華夏國和吳國的夾擊之下，荊漢即使擋住了第一波攻勢，也會徹底地陷入水深火熱當中，到時候國力必然會衰退，以後更加會任人宰割。

可是，這一切都被劉備給攪亂了。

此時，諸葛亮聽到劉備埋怨他不夠盡心盡力，寸功未立，這才知道劉備並沒有覺察到他的險惡用心，立時鬆了口氣。

於是，他靈機一動，說道：「啟稟皇上，其實臣一直在謀劃一件驚天動地的大計，此計若是成功，我軍不但可以度過此次危機，還能收回整個荊州的失地。」

劉備聽後，問道：「講！」

「臣遵旨。」

於是，諸葛亮便將自己準備向高飛投降，和洽談籌碼的事情告訴了劉備。不過，在說話的時候，諸葛亮當然不會說這是他的本意，而是說假意投降，先取得高飛的信任，然後讓華夏軍暫緩軍事行動，他們也好抽調兵力對付東吳，逐個擊破。

劉備聽後，頓時感到一陣心血澎湃，說道：「此計甚妙！為何你之前不對朕

講明？」

「皇上請恕罪，臣這樣做，也是逼不得已，華夏國在我國境內絕對安插有密探，如果臣事先告知皇上，皇上必然會有所顧忌，所以臣準備在取得高飛的信任之後，再將此事告知皇上，那時候，皇上就可以親率大軍南下，和東吳作戰，不用再顧忌背後的華夏軍了。」

「如果此計能夠成功，你就立下了一個很大的功勞。丞相，放心去做吧，朕會支持你的，朕這就派人將田豫、嚴顏調回來，繼續讓和洽擔任水軍大都督，以免壞了丞相的大事。」

諸葛亮喜道：「如此最好。」

隨後，劉備送走了諸葛亮，讓諸葛亮去完成他該完成的事情。

等諸葛亮走後，劉備本來散發著迷人笑容的臉突然變得陰沉下來，扭臉道：「你出來吧。」

話音一落，便見一個黑影從大殿的柱子上凌空飄下，一個身穿黑衣的蒙面人站在劉備的面前。

劉備打量了一下黑衣人，卻不認識，只能夠看見那雙深邃的眼睛，像是一個深不見底的黑洞，卻又散發出一種獨有的魅力。

「皇上這下該相信我說的話了吧？」黑衣人說道。

「如果你說的都是真的，朕自然不會坐視不理，朕辛辛苦苦打下來的江山，又怎麼能拱手讓給別人？朕要誓死保衛這個國家，任何人都別想將其奪走。不過，**朕很好奇，你是怎麼知道諸葛亮會背叛朕的？**」

劉備再次打量了一下黑衣人，絲毫沒有任何熟悉的感覺，這完全是一個陌生人，陌生到這個黑衣人一旦離開後，他就再也記不得他是誰。

「這個你就不需要知道了，總之，漢國現在很危險，華夏在北，東吳在南，兩面夾擊，如果不妥善處理好這微妙的關係，漢國就會頃刻間瓦解。東吳之兵都是從征討士燮的越國時抽調回來的，所以士兵會顯得很疲憊，如果半個月過去，一直未曾有任何軍事行動，這說明東吳暫時不會展開攻擊，是在休養生息，最遲也要等到明年開春，所以請陛下不要擔心東吳，只管一心對付華夏國即可。」

「你為什麼要告訴朕這些話，你到底是誰，來告訴朕又是為了什麼目的？」劉備越發狐疑道。

「呵呵，我是來幫你的人，諸葛亮勢必會發動政變，如果皇上不儘早做好準備，只怕會任人宰割。我該說的已經說了，就沒有留在這裡的必要了，就此告

辭。」黑衣人拱手道。

「砰！」

糜芳突然帶著禁衛軍從外面闖了進來，劉備及時的退到糜芳那邊，一百個弩手瞄準那個黑衣人，朝黑衣人便是一陣猛烈的射擊。

可是，未等弩箭射到，黑衣人一個轉身，躲在柱子後面，趁著弩手裝填箭矢的間歇，一個鷂子翻身，便從窗口竄了出去，在地上打了個滾之後，雙腳輕輕一點地，身子便輕飄飄的站在一丈多高的宮牆之上。

「呵呵，劉玄德果然夠心狠手辣，我來幫你，你卻想要我的性命。不過，我說的都是實話，華夏國才是你的頭號敵人，東吳不過是渾水摸魚，分一杯羹罷了，只要你擊敗了華夏國，東吳大軍自然會不戰自退！就此告辭。」

黑衣人一個起落，便消失得無影無蹤了。

「追！」糜芳大叫，帶著人便要去追。

劉備制止道：「不用追了，此人能輕而易舉的出入戒備森嚴的皇宮，你們就算追上了也不是對手。」

糜芳道：「皇上，難道就這樣放他走了嗎？還有那個諸葛亮，臣這就去將他給抓起來，然後殺了，以絕後患。」

「不要打草驚蛇，諸葛孔明要做什麼，就讓他去吧，螳螂捕蟬，黃雀在後，朕既然知道了這件事，就不會坐視不理。你即刻秘密傳令給田豫，讓他代替和洽出任水軍大都督，讓嚴顏回來，朕有要事安排！」

「臣遵命！」

糜芳走後，劉備也在暗暗地想，這個黑衣人到底是誰。但是無論怎麼想，他都可以肯定，絕對不是華夏國的人，因為華夏國這個時候絕對不會搬起石頭砸自己的腳。並且，他也在想，該怎麼樣對付諸葛亮即將發動的叛變，又有多少人和諸葛亮是一夥的。

隨後，他叫來孫乾、簡雍、糜竺、伊籍四個人進行商議。

當四個近臣聽到諸葛亮會叛變的消息，都是吃驚不已，沒想到劉備如此器重的人，竟然會圖謀不軌，眾人於是集思廣益，準備制定一套備案。

黑衣人的出現，是在劉備睡夢驚醒之後。

他發現自己的禁衛和宮女私通，當即斬殺後，便見一個黑衣人竄了進來，經過一番打鬥，劉備不敵黑衣人，被黑衣人制服住，但是黑衣人並未有惡意，反而將諸葛亮的事告知劉備。

劉備聽後，這才下達命令，連夜召集群臣，先是不動聲色，然後再一點一點

的套出諸葛亮的話。

此時，黑衣人從皇宮離開後，怕有追兵，先在一個角落裡躲了一陣子，發現沒有追兵後，這才卸去黑衣，露出裡面已經穿好的漢軍禁衛軍校尉的服裝，大搖大擺的出了皇宮。

黑衣人昨夜在和劉備打鬥的時候，順手偷走了劉備的貼身玉佩，便持著玉佩騙過了守城的城門守將。

出了城後，黑衣人徑直奔向城外東南二十里處的一片樹林裡，幾個人早已經等候在那裡，見黑衣人來了，便一通圍上前拜道：「臣等叩見陛下！」

「免禮，在這裡就不用那麼拘禮了。」黑衣人翻身下馬，和藹地說道。

「陛下，事情進展的如何？」魁梧大漢問道。

「果如公瑾所料，諸葛亮確實有陰謀，我已經將此事告訴了劉備，想必劉備不會坐視不理。這下子，華夏國和漢國就不得不真正的開戰了。」

黑衣人不是別人，正是吳國的皇帝，人稱小霸王的孫策！

「幼平，此間事情已了，我們也該走了。」

「諾！」

魁梧大漢乃是周泰，疑惑道：「陛下，漢國與我們有不共戴天之仇，我們這樣幫助漢國，是不是太……大都督的計策雖然不錯，可是畢竟華夏國才是我們的盟友……」

孫策道：「幼平，你要時刻記住一句話，**沒有永遠的敵人，也沒有永遠的朋友，只有利益**。如果不是公瑾洞察了諸葛亮的心思，一旦諸葛亮和高飛達成共識，那麼我們占據整個荊州的計畫就會形成泡影。劉備雖然是我的殺父仇人，可是為了吳國的未來，暫時讓他多活一點時間。我們走！火速返回江陵，如今甘寧的水軍已經抵達江陵了，華夏國和漢國的這一場大戰也即將來臨，我們也必須做好部署。」

「遵旨！」

一行人沒有停留，翻身上馬，在冬日的天氣裡，踐踏著白白的雪，離開了襄陽。

日暮黃昏，漢江的江面上起了一層薄薄的霧，諸葛亮乘著一葉扁舟，漸漸地滑向江心。

對岸，高飛也在此時出發，獨自一人搖著櫓，一邊欣賞著江面上的雪景，一邊緩緩地駛向江心。

約莫過了小半個時辰，兩艘輕舟便在江心中會面，此時天空飄著瑞雪，兩岸視線受阻，加上江上有霧氣，所以根本不會引起旁人注意。

高飛獨自站在船頭，看到諸葛亮坐的船靠近了，便笑著說道：「臥龍臥龍，真是難得一見啊！」

諸葛亮打量了一下高飛，見高飛穿著打扮甚是隨意，顯得很是質樸，而且頭髮很短，像是受過髡刑一樣，讓他不禁對這位威震神州大地的皇帝有了一番新的認識。

他見高飛大約三十歲左右，下巴下面卻沒有一絲鬍鬚，剃得一乾二淨，臉頰上的一道傷痕更是彰顯出他曾經征戰沙場的經歷，這種形象，完全顛覆了他腦海中對高飛的形象。

「今日能見到華夏國的神州大皇帝陛下，也是孔明的福緣。」諸葛亮客氣地說道。

「呵呵，客套話就不用說了，咱們直接開門見山，談正事。」

高飛見諸葛亮甚是年輕，也很儒雅，身後的艄公戴著斗笠，披著蓑衣，頭低低的，看不見長相。

兩船相距約有三米左右，江心中就這兩隻小舟，所以兩人講話聽得再清晰不過了。

諸葛亮見高飛沒有一點皇帝的架子，便道：「很好，我只想知道，陛下是否會答應我那三個條件？」

「第一個可以答應，第二個有待商榷，第三個恕難從命。」高飛回答的也很簡要。

「哈哈哈，如我所料。那麼，就第二個條件商榷一番吧，第三個是附加條件，第二個條件談攏之後，再說第三個條件。」諸葛亮道。

「可以，那麼，既然是商量，我想你應該會做出讓步吧，**這談判就像是在買東西，買和賣之間，存在著一種利益關係**，賣家想賣的價格高一點，多賺一點，可是對於買家而言，自然是出的錢少點為好，我想先聽聽你的意見……」

高飛只把話說到這裡，畢竟先弄清對方想要什麼，自己才能有應對之策。

高飛的前世是個生意人，所以在談判的技巧上頗有造詣。現在諸葛亮就等於是個賣家，而他相當於一個買家，如何用少量的錢買到最實惠的東西，這才是他最關心的。

諸葛亮對高飛的這一席話感覺很是特別，因為高飛將這件事看成了一樁買賣，這樣的說法，倒是讓他第一次聽說。降與不降之間，竟然是買賣的關係，這樣的話，當真是很精闢。

「呵呵，陛下的話令孔明大開眼界，不過，這樣的比喻也有點道理。既然如此，我就給陛下說說我的底價吧！」

諸葛亮適可而止，見高飛的眼裡露出一絲異樣，便停住了話音。高飛見諸葛亮故意吊自己胃口，他也不在意，等在那裡，一言不發。

諸葛亮見高飛沒有追問，給他的感覺像是他投降不投降，荊州都是他的一樣，便皺起了眉頭，心中想道：

「高飛比我想像的還要可怕，他的雄心絕對能夠囊括整個八荒六合，這樣的帝王，千年難遇！他把你當做朋友時，比任何人都對你好，把你當做敵人時，卻比任何人都對你殘酷，這樣的人，竟然真的存在！」

諸葛亮自討無趣之下，只好接著說道：「我和家兄已經手握重兵，江陵、襄陽兩地的將士都在我們兄弟手中握著，如果要降，我們會一起降，如果要戰，我們就會一起戰。我想讓陛下清楚這一點，我可以左右整個戰爭。」

高飛笑道：「朕也明確的告訴你，**任何左右朕發動統一戰爭的人，都會被朕踐踏在無情的鐵蹄之下。**」

「滅漢之後，再滅吳和魏，從而承襲大漢的疆域嗎？」諸葛亮問道。

「大漢算什麼？不過才是孤鴻一隅，朕要帶領華夏的軍隊打下一個大大的帝國，你孤陋寡聞，除了聽說過西域以外，你還聽過什麼地方？**你知道這個世界有多大嗎？朕要讓太陽永遠的懸掛在朕的帝國的上空，形成一個日不落帝國！**」

「日不落帝國？何解？」諸葛亮聽了高飛的譏諷，卻沒有生氣，反而追問道。

「太陽東升西落，地球圍繞著太陽轉，這裡雖然天黑了，可是在你我的腳下，在地球的另外一端，他們卻是白天。正如現在，我們是黃昏，可是在地球另一端的人卻是拂曉。」

「我們腳下？另一端的人？那他們豈不是要倒立著走路？」

諸葛亮無法想像那是什麼樣子，他發現自己的知識根本跟不上高飛的思路，高飛說的什麼地球、什麼腳下，他從來沒有聽過！

「呵呵呵，諸葛孔明，你自比管仲、樂毅，其實對我來說，也不過爾爾，我的腦袋遠比你發達的多，我只是看你聰明，想好好的培養你，如果你願意的話，只要你歸順於我，我保證會好好待你，而且讓你有發揮的餘地。滅漢之後，還有吳國、魏國，我要完成統一大業，自然要收取更多的人才，你是其中的佼佼者，如果降我，絕對會受到重用，如果不願意降，我也不會留下後患。現在，我只問你一句話，我們所站的這個地方，和天有什麼關聯？」

「天圓地方！」諸葛亮想都沒想便回答道。

高飛哈哈笑道：「愚昧無知，我懶得理你，今天就到這裡吧，你回去之後再想想，如果真想投降我，就別跟我談什麼條件，那樣只會讓我看不起你！如果不想投降我，咱們就戰場上見。我現在可以明確的告訴你，五天後，我將對襄陽發動總攻，到時候兵臨城下你才投降的話，你就失去了和我談判的籌碼。朕只給你五天的時間考慮，第六天辰時，華夏軍將橫渡漢江，以摧枯拉朽之勢直搗襄陽城。」

說罷，高飛調轉船頭便要離去。

「等等！」諸葛亮急忙叫道：「如果天不是圓的，地不是方的，那這個世界是什麼樣子？」

高飛停住船隻，轉過身對諸葛亮說道：「球，你知道嗎？」

諸葛亮點點頭道：「那和天又有什麼關係？」

「天就是宇宙，我們所在的地方，叫地球，是一個圓形的球體，懸浮在宇宙當中，我們是太陽系九大行星中的一顆，月亮是地球的衛星……」高飛嘰哩咕嚕給諸葛亮講解了一下天文知識。

諸葛亮一頭霧水地道：「如果我們所在的地方是圓的，為什麼你我能面對面的站在一起？那站在我們腳下的人豈不是要掉到你所謂的宇宙中去了嗎？」

「因為地球有引力，牽引著我們每一個人……」高飛想了想，問道：「你看過海嗎？」

「當然見過！」

「海平面上，你看到船隻由遠及近，那只是你的視覺，其實船隻是這樣過來的……」高飛做了一個弧形，示意給諸葛亮看。

「不懂！」諸葛亮乾脆地道。

「我知道你不懂，我說的你沒有幾句能夠聽懂的，我只想告訴你，這個世界很大，並不局限於大漢，外面還有很多你沒有見過的國度，每一個都充滿了神奇，如果你願意的話，我可以在以後帶著你橫跨大洋，到我們的腳下去看看。」

「腳下？」

諸葛亮低下頭，他看到的只是江水，除了江水，什麼都沒有。

高飛不再多說，搖著櫓走了，一邊衝著諸葛亮喊道：「諸葛孔明，我等著你的好消息，**我知道，你一定會來找我的！因為只有我，才能讓你發揮出真的才華！**」

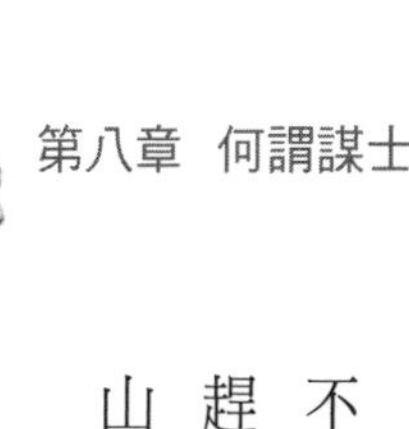

高飛漸漸走遠了，諸葛亮卻還在看著腳下的江水。

「丞相，我們回去嗎？」戴著斗笠的艄公問道。

「摩柯，你說我這樣做，到底是對還是錯？」諸葛亮輕輕地嘆了口氣，對撐船的艄公說道。

「丞相，不管是對是錯，摩柯都會誓死追隨丞相。天色已晚，我們還是回去吧。」

說話之人抬起頭，露出了他的面目，他生得面如噀血，碧眼突出，方碩大口，脖頸上戴著一串狼牙項鍊，身材高大，體格健壯，讓人看了不禁望而生畏。

諸葛亮轉過臉，對那個叫摩柯的人說道：「皇上已經對我起疑心了，雖然我不是很確定皇上是否知道我的計畫，但是必須謹慎才行。為了以防萬一，你星夜趕往江陵，協助家兄把事情辦好。吳軍按兵不動，不是一個好兆頭，必然是想坐山觀虎鬥，你回去之後，按照原定計劃，提前舉事，我在這裡穩住皇上。」

「丞相，剛才高飛說了，五天之後會強攻襄陽，就算屬下星夜趕回江陵，再從江陵返回武陵，這時間也夠緊迫的啊，屬下不在丞相身邊，丞相可如何是好？」

摩柯全名叫沙摩柯，是武陵的五溪蠻王，當年關羽、張飛征討武陵、零陵、桂陽等地的南蠻時，諸葛亮也跟隨在他哥哥諸葛瑾身邊，單獨領一支軍去攻打武陵的南蠻。

也就是在那個時候，諸葛亮為哥哥諸葛瑾獻策，智擒沙摩柯，三擒三縱，終於使得沙摩柯歸心，並自願跟隨諸葛亮的身邊為其效力，成為他的貼身護衛。

表面上是這樣，實際上，沙摩柯依然是蠻王，控制著分布在荊南四郡的南蠻，這一帶的南蠻統稱為五溪蠻，所以沙摩柯歸順之後，其餘的南蠻都逐漸歸心，荊南四郡也就徹底的安定了下來。

「放心，我自有主張，皇上暫時不敢動我，華夏軍也不會輕易冒進，因為他們沒有水軍，根本不足以對南岸的水軍發動攻擊，華夏軍在陸地上或許能夠稱雄稱霸，在水上……」諸葛亮微微一笑，便不再說了。

沙摩柯調轉船頭，搖著櫓，載著諸葛亮向南岸而去。

江陵城外，吳軍大營。

「報大都督，華夏軍征南大將軍司馬懿率領五萬大軍已經偷偷渡過漢水，在當陽駐紮，不知道其意為何！」

「報大都督，華夏國征南大將軍司馬懿將大軍一字排開，東西結寨，從南漳

水一直綿延到漢水，處處設防，每五百人便自結一寨，橫在當陽一線，不知道是何用意！」

「報大都督，華夏國驃騎將軍張郃率軍六千連續占領枝江、夷陵、夷道三城，分兵駐守三地。」

「報大都督，華夏軍右將軍陳到率兵四千占領江夏郡的竟陵，另外，華夏國虎衛大將軍甘寧的五萬水軍也停留在竟陵，不再向襄陽方向進發，和陳到合兵一處。」

連串的快報，一個接一個的報到了周瑜這裡。

周瑜聽後，驚出一身冷汗，立即打開地圖，看了一下華夏軍的駐軍位置，這一看不打緊，但見華夏軍在地圖上呈現出一個品字，枝江、當陽、竟陵，正好是一個鐵三角。

他立刻覺出事態的嚴重性，失聲道：「華夏軍這是要鉗制我軍啊……」

在場的蔣欽、凌操、陳武、董襲、徐盛、潘璋、宋謙、賀齊等人見周瑜皺著眉頭，都焦急問道：「大都督，現在該怎麼辦？」

周瑜道：「陛下未歸，繼續按兵不動，華夏軍的行動竟然如此迅速，看來這個叫司馬懿的征南大將軍必是一個用兵的行家，否則，如何能在一日之內同時占領這麼多地方？」

「大都督，華夏軍十萬雄兵陳列在這方圓三百多里的土地上，到底是想幹什麼？」凌操不解，發問道。

「無非是想攻占江陵城，前次諸葛瑾派人聲東擊西，佯攻我軍大營，卻暗中派遣士兵護送關羽、張飛的家眷過河，若非我在江陵城內安插的有細作，將司馬朗去而復返的消息告知於我，只怕江陵城就真的不為我們所有了。諸葛瑾和司馬朗居然在一起，這說明荊漢的諸葛氏要倒向華夏國，如此一來，華夏國就可以不費吹灰之力奪得整個南郡，江漢平原我們勢在必得！」

「可是大都督，現在華夏軍調集十萬兵馬屯在此處，我軍該如何應對？」蔣欽問道。

「一切都要等皇上回來再做定奪。現在不是和華夏軍發生摩擦的時候，但是江陵我們必須要得到。諸將聽令！」

「末將在！」蔣欽、凌操、陳武、董襲、徐盛、潘璋、宋謙、賀齊八員戰將齊聲道。

「傳令下去，兵進十里，將大軍包圍住江陵城，待丁奉押解攻城器械到了，就展開對江陵城的攻擊。」周瑜道。

凌操道：「大都督，可是那司馬朗還在城內，我們就這樣攻擊，會不會……」

周瑜驚道：「司馬朗在江陵嗎？我怎麼不知道？」

「對，司馬朗早已離去，根本不可能在城中。」徐盛腦子一轉，說道。

「你們都去準備吧，務必要在皇上回來之前攻克江陵城，我們養精蓄銳多時，也是該一展我們吳軍雄風的時候，千萬不能被諸葛氏將城池轉給華夏國，到時候我們就得不償失了。」周瑜說道。

「諾！」

深夜，諸葛亮從江岸回來，抵達襄陽城下時，便和沙摩柯分開，臨走時，還特意囑咐了沙摩柯幾句，讓他將信帶給他的家兄諸葛瑾，讓諸葛瑾按照計策行事。

漢軍分別據守江陵和襄陽，真正的意義上，諸葛亮和他哥哥諸葛瑾實際控制的漢軍兵馬只有江陵城的十萬而已，因為駐防在襄陽一帶的漢軍，全部受到劉備的親自調度。

從江岸回來的時候，諸葛亮聽說田豫代替了和洽，成為水軍大都督，和洽被降職為副都督，心中就已意識到了什麼。

目送走沙摩柯後，諸葛亮沒有回襄陽城，而是直奔南漳，前去見水鏡先生司馬徽。

司馬徽今夜並未睡去，草廬內也是燈火通明，他坐在草堂當中，撫著琴，似乎在等待著什麼。

「孔明叩見恩師，深夜造訪，叨擾之處，還請恩師見諒。」

琴音停止，司馬徽抬起手，示意諸葛亮坐下，說道：「孔明，我等你多時了。」

諸葛亮道：「恩師神機妙算，孔明佩服。」

司馬徽道：「你我也算不上師徒，不過是當年教授過你一本《六韜》而已，你今夜來此，必有要事，請明言吧。」

「一日為師，終身為父，恩師即我父，孔明怎敢怠慢。」諸葛亮說著，便朝司馬徽拜了拜，「恩師，弟子有一事不明，還想請恩師為弟子解答一二。」

司馬徽點了點頭，說道：「儘管問吧。」

「當今天下，五國並立，華夏國強，其餘皆弱，此次西魏進攻西蜀，西蜀已經被攻下半壁江山，勢必會被西魏所滅。東吳、華夏會獵荊州，漢國弱小，不堪抵擋，弟子只想詢問一下，**弟子究竟是要逆天而行，還是順天明理？**」

司馬徽不答，只是笑了笑，站起身便要走。

「請恩師解答弟子心中疑惑！」諸葛亮再次拜道。

司馬徽道：「你心中早有定奪，何必問我？你怎麼想，就怎麼做，堅持你自己的路。」

諸葛亮茫然道：「弟子不知前途如何，特來詢問，請求恩師為弟子占卜一卦。」

「不用，人命不由天，你自己的路，自己走好就是，不必太過在意別人的看法。或許現在的人無法理解你的做法，但是我相信千百年後，你的做法必然會被許多人認同。**你還記得什麼才是真正的『謀士』嗎？**」

「恩師教導，弟子不敢忘懷，弟子依然清楚的記得，恩師說過，**謀者有五境界，一者謀己，二者謀人，三者謀兵，四者謀國，五者謀天下，凡是達到第五境界的人，才能稱之為真正意義上的謀士。**」諸葛亮跪在地上，緩緩地說道。

「所謂的謀天下，並不是以天下為個人或集團資本而進行謀劃，而是以天下蒼生為本源進行呵護的大智謀，這才是謀士的最高境界。如今你又達到了哪種境界？」

「弟子不才，未嘗有過施展才華的地方，所以也只剛剛達到謀兵境界而已。」諸葛亮汗顏道。

司馬徽道：「孔明，你的路還很長，按照你心中所想的去做，臥龍一飛衝天之時，也就指日可待了。」

諸葛亮像是明白了什麼，見司馬徽要走，便拜道：「多謝恩師指點迷津，孔明已經知道要如何做了。」

「你暫且再草廬休息一晚，明日一早離開此地，從此以後，就不用回來了，什麼時候你達到了謀天下的境界，什麼時候再回來。」司馬徽說完，轉身便走入後堂。

諸葛亮點點頭，當夜便在草廬休息，待第二天天剛濛濛亮的時候，就踏上了回襄陽的路程，準備按照自己心中的想法，去當一個真正的謀士。

第九章

大將田豫

「國讓，你的母親現在在薊城，這麼多年，難道你一點都不想你的母親嗎？」

高飛很器重田豫，畢竟他也是歷史上赫赫有名的鎮邊大將。

「自古忠孝不能兩全，我也只能……」

不等田豫把話說完，高飛便道：「如果可以兩全呢？」

諸葛亮從草廬出來後，並未返回襄陽城，而是給劉備寫了一封信，託一個農夫將信送到襄陽城，自己則單騎向江陵城而去。

劉備走馬換將，在大敵當前時撤換了水軍大都督一職，讓田豫代替和洽，諸葛亮預料到自己的計畫可能已經敗露，如果回去，只會使得自己的處境很危險，所以決定不再以身犯險，而是準備回到江陵，再做打算。

諸葛亮騎著馬，在雪地上行走了不到半個時辰，便見前面有一彪軍攔住了去路，為首一人，正是荊漢的驃騎將軍嚴顏。

嚴顏手持大砍刀，那刀的刀刃彎曲，有鐮狀波浪，刀身上刻有飛月圖案，可砍可劈，使用方便，是嚴顏的最愛。

他一身甲冑，騎著一匹駿馬，背後一字排開二十騎，每個人都是十分的精壯魁梧。

諸葛亮看到嚴顏時，眉頭不禁一皺，心中暗想：「看來事情已經敗露了……一定是中間出了什麼問題……」

他環顧四周，兩邊是陡峭的高坡，前面嚴顏擋路，後面就在他回頭之時，衛尉糜芳帶著三十騎已經截斷了歸路，五十餘騎硬是將他給堵在了那裡。

嚴顏策馬向前，抱拳道：「丞相大人，您這是要去哪啊？」

「哦，本府閒來無事，隨便走走，順便欣賞一下雪景。」

諸葛亮停在原地，雙手揣在寬大長袍的袖口裡，緊蹙的眉頭漸漸鬆開，一臉笑意地答道。

嚴顏笑道：「丞相大人好雅興啊，大敵當前，居然還有興致欣賞雪景？」

「正因為大敵當前，所以本府才要先欣賞一下，一旦戰端開啟，只怕荊州會生靈塗炭，又怎麼會有時間欣賞雪景呢？趁著現在風平浪靜，不如多享受一下這短暫的和平。」

「丞相大人，這雪景也欣賞夠了，皇上還有要事找丞相大人商議呢，麻煩丞相大人跟我們回京吧。」

嚴顏不斷地靠近，可是卻沒有任何敵意，在他看來，諸葛亮是個文弱書生，根本不可能從他手裡逃走。

後面，糜芳讓人閃開了道路，衝著前面的諸葛亮說道：「丞相大人！請吧！」

諸葛亮點點頭，臉上揚起一抹笑容，雙臂從寬大的袖子裡伸了出來，掌心朝天，扣動了拴在雙手中指上一根細如髮絲的線。

只見兩道寒光從諸葛亮的袖筒裡射了出來，朝著嚴顏的身體要害飛去，與此同時，諸葛亮「駕」的一聲大喝，調轉馬頭，朝左側的高坡便策馬而去。

嚴顏大吃一驚，誰會料到一向看似手無縛雞之力的諸葛亮竟會有如此手段，眼見兩枚袖箭朝自己射來，他提著砍刀劈斷了一支袖箭，可是另外一支袖箭卻來勢洶洶，無法揮刀斬斷，只能將身體伏在馬鞍上，以求躲避過去。

「啊……」

嚴顏背後傳來一聲慘叫，袖箭從嚴顏頭頂上飛了過去，射中嚴顏背後的一個騎兵，一箭射中額頭，當場斃命。

糜芳和其他人見狀都是一陣大驚，眾人都道諸葛亮是個儒生，怎麼也沒有想到諸葛亮還有這一手。

「還愣在那裡幹什麼！還不快追！」

糜芳衝後面大叫了一聲，當先一騎便追了出去，見諸葛亮騎著馬正在吃力的攀爬著高坡，便叫道：「諸葛孔明，你跑不掉了，快點跟我回去見陛下！」

哪知，這時候諸葛亮突然在馬背上扭轉身子，雙袖抬起，兩道寒光登時從袖子裡面射了出來，直接朝糜芳飛去。

糜芳瞪大了眼睛，沒想到諸葛亮還有反擊之力，他緊綽長槍，迅速撥開一支袖箭，同時感到左臂上一陣生疼，鋒利的袖箭穿透了他的臂甲，刺進他的左臂，登時鮮血直流。

嚴顏拍馬舞刀，朝高坡上便追，同時打了個手勢，讓部下去另外一側截住諸葛亮。

諸葛亮吃力的爬上高坡，看到背後嚴顏、糜芳等人追來，另外十餘騎在地面上迂迴，不敢久留，快馬加鞭，心中卻暗想：「只剩下兩支袖箭了，萬一被抓到，肯定會身首異處……」

就在諸葛亮擔憂時，突然看見一群人從雪地中竄了出來，為首一人正是沙摩柯！

但見沙摩柯手持一個鐵蒺藜骨朵，腰帶兩張弓，身披鐵甲，威風抖擻，其餘人也都盡皆是勇猛之士，個個魁梧健壯，手持勁弩，一出現，便扣動弩機的機括，一番射擊，射死不少騎兵。

沙摩柯尤為悍勇，縱身一跳，便將嚴顏踹下馬來，身子正好落在嚴顏的馬背上，舉起鐵蒺藜骨朵便要朝糜芳揮去。

糜芳本來就帶傷，左臂少力，突然遇到悍勇的沙摩柯，吃驚之餘，急待提槍遮擋時，沙摩柯的鐵蒺藜骨朵剛好砸中他的胸口，護心鏡上登時被砸得變了形，同時感到一股巨大的力量撞擊自己的胸口，體內氣血翻湧，一口鮮血便吐了出來。

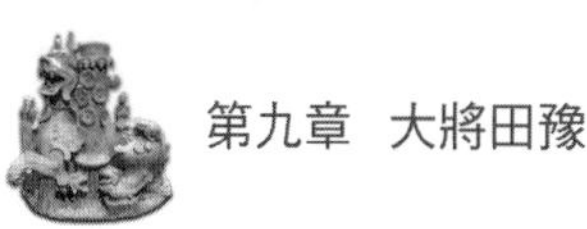

沙摩柯招式迅速，一經擊中糜芳，第二招陡然而出，舉起鐵蒺藜骨朵便朝糜芳的腦門上砸去。

糜芳「啊」的一聲慘叫，被沙摩柯敲碎了天靈蓋，頭骨迸裂，腦漿、鮮血流滿一地，當場斃命。

嚴顏被沙摩柯一腳踹下馬背後，身體不由自主的向高坡下滾動，等到他滾到平地時，糜芳和他的部下已經全部被射殺了，沙摩柯正虎視眈眈地策馬朝嚴顏俯衝而下。

他剛才是因為沙摩柯出現的太過突然，猝不及防被沙摩柯一個飛踹掉下馬來，此時見沙摩柯舉著鐵蒺藜骨朵朝自己衝來，手掌撐地，立刻從雪地上翻身而起，手持大砍刀，站在地上迎戰沙摩柯。

與此同時，沙摩柯的部下圍繞在諸葛亮四周，勁弩不斷扣動，將嚴顏的部下全部射殺，這些蠻兵的箭法精準，都是沙摩柯精心挑選出來的，戰鬥力非比尋常。

諸葛亮看到沙摩柯衝嚴顏而去，大聲叫道：「切莫傷了嚴將軍性命！」

沙摩柯的兵刃已經揮出，朝著嚴顏的天靈蓋擊打了過去，嚴顏也不甘示弱，雖然在陸地站著，但是他膽略過人，大砍刀登時揮出，在空中畫了個圈，纏住了沙摩柯的鐵蒺藜骨朵。

可是，沙摩柯的鐵蒺藜骨朵周身都有刺，加上此等兵器非常的特殊，全身用精鋼製成，一頭裝柄，一頭長圓形，屬於錘的一種，而鐵蒺藜骨朵是錘的改良型，也就是在錘頭上加上很多銳利尖刺，就變成蒺藜骨朵。

鐵蒺藜骨朵是沙摩柯慣用的兵器，加上沙摩柯膂力過人，揮動起來格外的輕盈。嚴顏武力不弱，可是他從未見過這種兵器，看著極為像錘，便使出了剛才的那一招。

可是，他哪裡知道，鐵蒺藜骨朵周身都是刺，他的大砍刀又不是精鋼製成，一經碰撞，刀刃竟然全部捲曲，刀柄周身也都是一個個被刺穿的小孔。

不過，沙摩柯倒是沒有下重手，因為有諸葛亮的命令，所以發力只發了一小半，沒有對嚴顏出後招，與嚴顏擦身而過。

此時，勁弩手全部瞄準了嚴顏，等待諸葛亮的命令。沙摩柯也在嚴顏的後面，隨時可以出手。

嚴顏環視一周，見自己被包圍了，不禁一陣感慨。

「嚴將軍，請你回去轉告皇上，高飛四天以後就會對襄陽城發動總攻，華夏國沒有水軍，江北營寨雖然已經立好，但也不過是個擺設，只要沿江防守，縱使華夏軍有百萬雄師也未必能夠渡過漢水。當然，至於防線如何設置，還請皇上定奪。吳軍在江陵城按兵不動，必然有什麼陰謀，我此去江陵，就是要和吳軍對抗，請不要再阻攔我的去路，否則格殺勿論。」

諸葛亮騎在馬背上，站在高坡上居高臨下，對嚴顏說道。

嚴顏道：「陛下對你不薄，委以重任，你真的要背棄陛下？」

「在他心裡，根本沒有重視過我，雖然委以重任，可事實上卻一直在暗中提防我，再說良臣擇主而事，你應該比我更明白這個道理。如今蜀漢即將國滅，你的舊主劉璋也在蜀中苦苦掙扎，你的新主劉備即將成為高飛的墊腳石。我想，你也該選擇一個新的去處，也許有朝一日，我們還能同殿為臣。你走吧。」

嚴顏見寡不敵眾，騎上戰馬，飛快地朝襄陽而去。

諸葛亮見嚴顏走了，便對沙摩柯道：「你怎麼會出現在這裡？」

「本來丞相昨日讓我回江陵的，可是屬下轉念一想，丞相一個人在這裡屬下不放心，這才急忙召集自己的部下以接應丞相。誰知，今早丞相未到，嚴顏和糜芳卻先到了，於是屬下這才讓人埋伏在此。」

諸葛亮感激道：「摩柯，謝謝你了，我們必須儘快趕回江陵，大戰即將開始，為了有進階之物作為賀禮，荊南四郡必須要奪回來。」

沙摩柯笑道：「丞相放心，屬下早已安排妥當，只要屬下一回去，便可以立刻發動攻擊，吳軍必然會被迫退走。」

諸葛亮笑了，調轉馬頭，在沙摩柯等人的保護下，迅速地離開了。

嚴顏單騎回到襄陽，將諸葛亮被沙摩柯救走，以及糜芳陣亡和臨走前說的那番話全部轉告給了劉備。

劉備聽後，頓時大怒，批評嚴顏辦事不力，但是此時正在用人之際，劉備於是大肆提拔人才，封蔣琬為丞相，嚴顏為大將軍，田豫為大司馬，糜竺為尚書令，孫乾為衛尉，簡雍為執金吾，伊籍為太常，又將和洽提拔為驃騎將軍，將韓嵩提拔為車騎將軍，傅巽為前將軍，等等一干人都有封賞。

並且，劉備正式宣布諸葛亮為國賊，發布聖旨，欲處之而後快。

雖然襄陽城中的大臣都被大肆的加官晉爵了，但是大家的心裡都很清楚，這些官職和爵位根本不值錢，因為國將不國，要這些虛職又有何用。

在劉備宣布諸葛亮為國賊的同時，軍中也在流傳著一則謠言，那就是華夏國又增兵五十萬，準備一口氣吞下整個荊州。

一時間謠言四起，人心惶惶，弄得整個漢軍士氣低迷。

漢水南岸，漢國水軍大寨，田豫坐在大帳之中，剛剛視察大營回來的他，心中也是一陣懊惱，對散步謠言的人痛恨至極。

「啟稟大司馬，散布謠言的人已經被就地處斬了，只是……軍中謠言依然存在，士兵盡皆沒有戰心。」和洽進了大帳，稟告道。

田豫此時已經成為劉備軍中的核心人物，他重重地嘆了一口氣，說道：「此必是敵軍用的計謀，想借此機會，瓦解我軍戰心。」

和洽道：「那現在怎麼辦？」

「你去將杜襲叫來，我自有安排。」

「諾！」

不一會兒，杜襲進入大帳，拜道：「參見大司馬。」

田豫道：「你過來。」

杜襲走到田豫的身邊，田豫小聲對杜襲說了些什麼，杜襲聽後，嘿嘿一笑，豎起大拇指，說道：「大司馬妙計，這樣一來，敵軍必敗，我軍也能揚眉吐氣，自然能夠振奮我軍軍心。」

「你去準備吧。」

「諾！」

漢江北岸。

華夏軍的大營中，高飛正在積極的調兵遣將，趙雲已經攻占了上庸等地，就地駐防，並且截斷了子午道，司馬懿的大軍也迅速的鋪開，形成了品字形，鉗制住吳軍，並且給吳軍無形中施加了壓力。

「報——皇上，末將在江上巡防，抓獲了一個細作，身上帶著一封密信，請皇上過目。」巡防的校尉將書信呈上。

高飛接過來，急忙拆開來，匆匆看完之後，哈哈笑了起來，問道：「來人在哪裡？」

「就在帳外！」

「帶進來。」

「諾！」

話音一落，一個尖嘴猴腮的人便走了進來，見到高飛後，立刻跪地求饒道：

「英明神武的神州大皇帝陛下，請不要殺小的，小的不過是個送信的，小的上有八十歲老母，下有剛剛出生的兒子，還有……」

「夠了夠了，你不煩，朕都煩了。怎麼每個人求饒都說這些？你起來，朕不

殺你！」高飛急忙打斷了話音。

那人站起來之後，便一直瑟瑟發抖，因為周圍都是魁梧的禁衛，稍有不慎，便有喪命的危險。

「你叫什麼名字？」

「小的杜三。」

「杜三，朕問你，你家將軍當真是要投降嗎？」高飛拿著那封密信問道。

「千真萬確，我家將軍看到漢軍氣數已盡，正所謂良臣擇主而事，我家將軍就想帶著本部兵馬一萬前來投靠陛下。」

「嗯，很好。你回去吧，轉告你家將軍，今夜三更坐船過來，朕親自迎接，以示重視。」

「諾！大皇帝陛下萬歲萬歲萬萬歲！」

高飛笑道：「來人，拿十枚金幣，賞賜給他。」

「多謝大皇帝陛下，大皇帝陛下洪福齊天，萬壽無疆！」

「行了行了，只要你替朕辦好事，等你家將軍投降之後，朕再賞賜給你一百枚金幣，然後封你一個大官當當。你家將軍若是真心歸降，朕自當重用，封他為侯，並賜一品大員。」

「小的……小的……」杜三驚得目瞪口呆，對高飛的闊氣感到無比的佩服。

「送客！」高飛擺擺手，便讓人送杜三離開。

等到杜三離開之後，高飛便叫來張遼、黃忠、文聘、張謙等將，細細吩咐了一番，四位將軍聽後，都是一臉的喜悅，下去各自準備去了。

「他真的是這樣說的？」杜襲一把抓住杜三的手腕，激動地問道。

「是的，將軍。」

杜三從懷中掏出十枚金幣，亮在杜襲的面前，說道：「將軍，你看，這是他賞賜給屬下的，還說事成之後，小的也有官做。」

杜襲從杜三手中拿過那十枚金幣，仔細看了看，但見金幣一側印有華夏二字，另外一側則是高飛的頭像，他掂量了一下，十枚金幣竟然有半斤重。

「嗯，華夏國國力強盛，兵強馬壯，看來真是這樣。如果我能在華夏國為官，肯定會有享不盡的榮華富貴……」說著，杜襲便將那十枚金幣塞進了自己的懷裡。

「將軍，那金幣是……」

杜三看到之後，急忙叫了起來，但是看見杜襲凶惡的眼神，便不再說話了，

心裡卻將杜襲的祖宗十八代都罵了一遍。罵完之後，杜三這才想起來，他和杜襲是同宗，趕忙改口，只罵杜襲一個人。

杜襲道：「這金幣我先替你收著，等我立了大功，自然會少不了你的好處，你去傳令吧，我去見大司馬。」

「諾！」杜三臨走時，還白了杜襲一眼，心裡暗罵道：「狗日的！」

杜襲徑直去見大司馬田豫，當即拜道：「大司馬妙計，高飛果然中計，讓我今夜三更便去投降。」

田豫點點頭道：「他在我軍中營造謠言，也無非是為此，我就將計就計，派你去詐降。你今夜便去，等到到了北岸，一旦高飛發動對南岸的攻擊，必然會派遣你為前部，到時候你再倒戈相向，華夏軍必敗。」

「是。」

杜襲眼睛直打轉，忽然想起了什麼，說道：「不過，高飛也提出了一個新的條件，說是華夏軍缺少船隻，需要帶去一些戰艦，大司馬，你看……」

田豫想了想，覺得高飛提出這樣的條件也極為合理，便道：「給你一艘鬥艦，十艘戰艦，捨不得孩子套不到狼，你去了之後，一切按照計畫行事。」

「諾！」杜襲在心裡偷笑著。

「此事若成了，我就舉薦你為水軍大都督，讓陛下封你為王。」田豫似乎又擔心什麼，拍了拍杜襲的肩膀，說道。

杜襲道：「屬下敢不以死效力。」

當夜三更，杜襲按照約定，駕駛著一艘鬥艦，二十條中型戰艦，緩緩地從南岸駛向了北岸。

江面甚寬，杜襲站在鬥艦的甲板上眺望北岸，但見北岸水軍大寨燈火通明，綿延十數里，不禁感嘆道：「人為財死，鳥為食亡，我杜襲也是個識時務的俊傑，華夏國如此的兵強馬壯，關羽、張飛尚且不能抵擋，何況我乎？」

杜三這時就在身側，笑道：「將軍，我們的榮華富貴就在眼前了……」

不多時，杜襲靠近了北岸，江面上有巡邏的船隻截住，船隻很小，每條船只能裝載二十個人，跟杜襲帶來的大型戰艦鬥艦相比，簡直不堪一擊，何況周圍還有二十條中型戰艦護衛，浩浩蕩蕩，氣勢雄渾，一萬兵馬分散在這二十艘戰艦上，威武異常。

這時，從華夏軍水軍大營中駛出一艘較大的船隻，高飛站在船頭，乘風破浪，很快便和杜襲等人接近。

兩下照面，高飛便叫道：「來者可是杜子緒？」

杜襲急忙道：「正是杜某，參見陛下！」

他見那人和金幣上的頭像極為相似，便肯定高飛就是華夏國的皇帝，抱拳道：「杜某按照約定而來，前來投降陛下，以前多有得罪之處，還請多多包涵。」

「無妨，請進大營！」

高飛讓人讓開道路，放杜襲等人進入水軍營寨。

杜襲進入大寨後，高飛已經在岸上了，帶著眾位文武一起迎接杜襲的到來，並且讓鼓吹隊開始奏樂，搞得極為隆重，讓杜襲深受感動。

一行人進入大帳後，高飛又親自宴請杜襲，以及杜襲帶來的一萬將士，讓張謙好生款待杜襲帶來的士兵，他自己則在營寨中河杜襲暢談。

當然，只聊天，從不提及兵事。

當夜，杜襲喝得酩酊大醉，被人攙扶下去休息了。

次日清晨醒來，高飛又擺下酒宴，再次款待杜襲。

杜襲從未受到過如此的禮遇，在席間，忍不住坦白招供道：「啟稟大皇帝陛下，臣有罪！臣是被大司馬田豫派來詐降的……」

「朕知道。」高飛毫不掩飾地道。

杜襲一陣驚愕，可是見陪坐的眾人都沒有敵意，便道：「陛下知道？」

「嗯，田豫的雕蟲小技豈能瞞騙得過朕？杜將軍，你既然敢對朕說出這番話來，就說明你是真心投靠朕了，對嗎？」

「臣是真心歸降，田豫與我約定，讓我蠱惑陛下出兵，說今日攻打南岸水軍，然後在江面上合圍陛下……」

「呵呵，好極。那一會兒就調集兵馬，讓田豫如願以償即可。」

「可是……」杜襲擔心道。

「朕已經有所安排，杜將軍只需按照朕說的去做即可。」當下，高飛便吩咐杜襲如何去做，杜襲聽後，一陣歡喜。

「如此，漢國水軍不足為俱也！」杜襲開心地說道。

酒足飯飽之後，眾人點齊兵馬，紛紛登船。

高飛帶著賈詡、郭嘉、荀攸親自登上杜襲所乘坐的鬥艦，兩千華夏軍盡皆換成漢軍衣服，站在鬥艦上，長槍林立，弓弩齊備，顯得格外的威武。

漢軍大型戰艦只能裝載兩千人，另外的二十艘中型戰艦每艘可以裝載一千五百人，所有士兵盡皆華夏軍假扮，漢軍服裝都是從以前的俘虜身上扒下來

的，還有一些士兵隱藏在船艙裡，並不露面，船桅上掛著華夏國的大旗，一行人浩浩蕩蕩的便朝南岸殺去。

另外，無數小船緊隨戰艦後面，每艘或裝百人，或裝二三十人，華夏軍駐防在江岸上的士兵出動一半，十萬大軍聲勢浩大，填塞整個漢江江面，綿延十餘里的江面上都是華夏軍的大旗。

當然，杜襲已經先派人去給田豫送信了，田豫得知杜襲成功的帶著華夏軍來攻，便迅速集結兵馬，十萬水軍全部登船，準備在此一戰定勝負。

田豫分兵兩路，自己帶著幾十艘戰艦在左邊，分出五萬水軍讓和洽帶領，在右邊協助。

漢軍登船之後，田豫便激勵士氣，揚言已經派人去做破壞了，此戰必勝，士氣稍稍上漲了一點。

約小半個時辰後，兩軍在江心相遇，田豫站在鬥艦上眺望著對面，見華夏軍聲勢浩大，幾乎是傾巢而出，不禁笑了起來，立刻派出十艘中型戰艦排成一列，弓箭手盡皆嚴陣以待，衝向了華夏軍。

杜襲站在鬥艦的船頭上，立刻按照約定，打出旗語，讓人放下華夏軍的大旗，將漢軍大旗掛上，並開始做出調轉船頭的姿態。

田豫看後，哈哈笑道：「華夏軍那些漁船小舟，如何能是我強大水軍的對手?!」

可是，他的笑聲戛然而止，因為他看到杜襲並未調轉船頭倒戈一擊，而是直接以高速衝向了漢軍的戰艦。

此時正值隆冬，北風呼嘯，杜襲等人順水水風，船速極為輕快，船桅上的布帆也是全部張開，船上的人盡皆拿出連弩，朝漢軍戰艦上的士兵便是一番亂射。

「轟……」

一聲聲巨響，華夏軍的船隻撞上了漢軍的船隻，稍微一個晃動之後，船艙中嚴陣以待的校刀手便衝了出來，紛紛朝漢軍船上衝去，與此同時，在甲板上的人也開始扔出飛鉤、繩索，牢牢地套住敵船。

「中計了，杜襲這個混蛋居然假戲真做，真的投靠華夏軍了！」

田豫一陣懊惱，但是此時想退已經來不及了，只能硬著頭皮戰鬥，扭頭對身後的旗手說道：「給和洽發令，全軍與華夏軍決一死戰！」

漢軍先前派出去的十艘中型戰艦已經全部淪陷，杜襲突如其來的逆擊取得了很好的效果，華夏軍奮勇異常，將士無不向前，連弩的威力在短距離內發揮出了

極大的威力。

杜襲也親自上了戰場，舉著刀牌，當著高飛的面耀武揚威，彰顯著個人的武勇。

杜襲帶著一隊人砍翻了船上的校尉，割下腦袋提在手裡，高高舉起，大聲喝道：「漢國氣數已盡，華夏國神州大皇帝陛下萬歲！吾且尚降，汝等何不惜死也！」

一聲怒喝，聲音如雷，傳入漢軍士兵耳中，漢軍將士遙見華夏軍比比皆是，加上之前就士氣低下，以至於統統放下兵刃，表示願意投降。

漢國水軍前軍一破，杜襲當即下令調轉船頭，將漢國新降士兵為前部，負責招誘其餘漢軍將士。

田豫見狀，不禁十分懊惱，沒想到竟然搬起石頭砸了自己的腳！憤怒之下，指揮自己這邊四萬多部眾，讓弓箭手一陣亂射，企圖阻止華夏國的攻勢。

另外一側，和洽帶著五萬水軍接到了田豫的命令，可是，他卻按兵不動。

「換旗！」

和洽站在鬥艦的首部，身上披著厚厚的戰甲，大紅色的披風隨風擺動，將手一揚，下令道。

漢國水軍都是和洽舊部，雖然說田豫取代了和洽為大都督，可是也不過才三兩天的事情，根本不及和洽在水軍將士心目中的地位。眾位水軍將士一聽和洽的話，便將漢旗降下，升起了早早準備好的華夏國的軍旗。

其實，軍中謠言四起，是有人故意安排的，試想漢國水軍沿江防禦極其嚴密，又怎麼能有人過來呢。

從司馬懿率領大軍秘密偷渡，再到關羽、張飛的家眷被秘密送到漢江北岸，和洽都一直參與著，如果沒有他的命令，華夏軍的舉動根本不可能成功。

一切的一切，都是一個很大的陰謀，諸葛亮在明，和洽在暗，為的就是等待這一天，否則，諸葛亮怎麼會輕易離開襄陽。

當然，杜襲並非漢國水軍，只不過是關羽大軍的一支餘部，所以從始至終，和洽就沒有將杜襲列入計畫範圍之內。

本來和洽還想象徵性地抵抗一下，然後再舉旗投降，可是見到杜襲快要搶過他的風頭了，自然不甘示弱，就地下令。

和洽所在的鬥艦上，大旗一換，其餘戰艦上的大旗也跟著撤換掉，五萬漢國水軍立刻變成了華夏國的水軍。

不僅如此，田豫所統領的那四萬水軍當中也出現了倒戈現象，田豫正在高叫

著指揮放箭，誰知道背後突然衝過來四名大力士，直接將田豫按倒在地，任由田豫怎麼掙扎也無法掙脫，迅速地被五花大綁了起來。

直到這一刻，田豫才明白，原來和洽早有投降之意，自己反成了階下囚。

高飛站在對面的鬥艦上，本來看到漢國水軍如此雄壯還在發愁怎麼打，因為除了杜襲帶來的戰艦外，高飛部下中最大的船隻也就裝載一百人而已，只要被戰艦輕輕一撞，立刻就會沉入江中。

而漢國的水軍都是戰艦，加上漢國水軍天下聞名，又有過許多輝煌的戰績，所以對於這場戰鬥他也沒底。

正當他一籌莫展時，卻意外地發現所有的漢軍戰艦都換上了華夏軍的大旗。驚喜之餘，他急忙拿出望遠鏡，看到田豫被人捆綁了起來，不禁大笑起來：

「哈哈哈……真是天助我也！」

戰鬥只持續半個時辰就結束了，十萬漢國水軍統一換上了華夏國的大旗，這一幕是何等的壯觀。

「鍾山風雨起蒼黃，百萬雄師過大江。虎踞龍盤今勝昔，天翻地覆慨而慷。宜將剩勇追窮寇，不可沽名學霸王。天若有情天亦老，人間正道是滄桑。」

高飛高興之餘，情不自禁地吟出詩句來，此刻的心情別提有多高興了。

遙想赤壁前夕，曹操大軍南下，一路聞風而降，劉表的部下盡皆投降。此刻，高飛終於能夠體會到曹孟德當時的心情了，不戰而勝，得兵得土地，這樣的戰爭，打得真是爽啊。如果每次攻城略地都像這樣的話，一年之內，必然能夠完成統一大業。

賈詡見高飛如此的高興，擔心高飛會興奮過頭，語重心長地提醒道：「皇上，勝不驕，敗不餒，應該戒驕戒躁才對。漢國水軍集體投降，確實是可喜可賀，可是也要提防才是，萬一又是對方的奸計呢？」

好一句當頭棒喝！

高飛聽了賈詡這句提醒的話，覺得賈詡說得很有道理，頓時收起喜悅的心情，扭身對郭嘉說道：「你去找張仲景，讓他這幾天多弄出一些忘憂散來，越多越好，我有妙用。」

郭嘉本來是高飛安排給司馬懿當軍師的，可是後來轉念一想，司馬懿有獨立勝任的能力，便將郭嘉繼續留在身邊聽用，再說，他也少不得和他們早晚商議對策。

「諾！」郭嘉看出了高飛的用意，轉身便走，讓旗手向後發旗語。

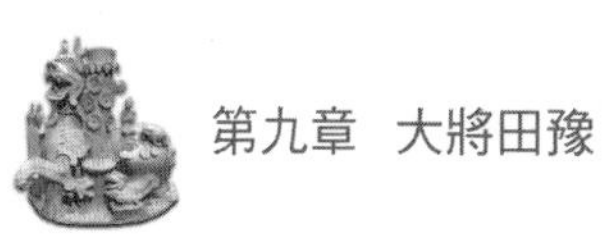

半個時辰後，高飛的部隊全部登上了漢水的南岸，進入和洽的水軍大營。

本來，高飛計畫給漢國水軍一次重創，早已命令張遼、黃忠、文聘、張謙等人做好了部署，準備用這幾年秘密研製出來的黑火藥炸沉漢國水軍的戰艦，可是誰也沒有料到，漢國水軍竟然全體投降了。這樣一來，高飛自然也就省去了許多麻煩，秘密武器也準備用在攻打襄陽城上。

大營裡，黃忠、張遼、文聘、張謙等武將排成一列，站在左側，賈詡、郭嘉、荀攸等人排成一列站在右側，中間是和洽、杜襲，以及被五花大綁跪在地上的田豫。

高飛端坐在那裡，望了田豫一眼，不禁有些感慨，昔年在遼東的時候，田豫不過才是個十幾歲的少年，可是一別這麼多年，田豫已經成長為漢軍中的一員大將。

「給國讓鬆綁！」高飛抬起手，對一旁的護衛道。

田豫憤怒地瞪著高飛，然後轉臉朝和洽和杜襲的臉上吐了口口水，罵道：「賣國奴，不得好死！」

和洽、杜襲都是一陣羞愧，杜襲舉手要打，見高飛眼神犀利，也就作罷，只好忍氣吞聲，抹掉臉上的吐沫。

「大司馬，我們這叫識時務者為俊傑，漢國大勢已去，再說劉備當年是從公子劉琦手上奪下荊州，這荊州本就屬於公子劉琦的，我們是劉公子的舊部，自然不能和你相比了。」和洽雖然氣憤，可是說的確實有道理。

田豫聽後，不禁怔了一下，劉琦公子三年前突然暴斃而亡，年紀輕輕的，怎麼可能會死的那麼早，其中必然有原因。當時他就猜出來了，定然是劉備幹的。不過斬草除根，也沒有什麼不對的。

「國讓，你是幽州人，這幾年幽州境內變化很大，你的母親現在在薊城，有專人伺候，這麼多年，難道你一點都不想你的母親嗎？」

高飛還是很器重田豫的，畢竟他也是歷史上赫赫有名的鎮邊大將，在處理外夷的事務上有獨到的手段。

「自古忠孝不能兩全，我也只能……」

不等田豫把話說完，高飛便道：「如果可以兩全呢？」

田豫狐疑地看著高飛，冷笑道：「這怎麼可能？」

「很簡單，只要你投降於我，忠於我，孝順你的母親，這問題就迎刃而解了。那麼多年來，你的母親可是十分想你啊，每天都在薊城的南城門那裡枯坐無語，翹首以盼，為的就是想見到她的兒子歸來。兒行千里母擔憂，這個道理你懂嗎？最近，我聽說你的母親舊疾犯了，臥床不起，每天叫著你的名字，你難道忍心讓你的母親就這樣……哎，我現在放了你，給你一個通關文書，在華夏國境內，暢通無阻，你回去見你母親吧。」

田豫聽高飛這麼一說，眼眶中飽含了淚水，一方是自己的母親，一方是自己忠於的君主，兩邊為難，不知道該如何是好，思來想去，還是決定自刎以謝天下。

他突然轉身，從背後抽出杜襲腰中掛著的長劍，正要揮劍將自己斬首，卻見一道劍光刺來，直接擋下了他手中的長劍。

「你死都不怕，還怕活著嗎？劉備雖然是你舊主，可是你放心，朕不會殺他，朕也不會強令你投降，百善孝為先，你要還是個男人，就回去見你母親一面！」

高飛早有預料，剛正不阿的人總是會走上極端的路線，所以在田豫轉身之際，他便拔劍而出，一個箭步跳了過去，擋下了田豫的長劍。

「我……哎……罷了罷了……」

田豫也是一陣為難，在君主和母親之間，最終他還是選擇了自己的母親，自來孝順的他，丟下了長劍，當即拜服在高飛的面前，說道：「多謝陛下成全！」

說完，田豫便出了大帳，頭也不回。

「給田將軍一匹馬，一些盤纏和一些食物，送田將軍過河！」高飛在後面叫喊道。

高飛輕易地登上了漢水南岸，以功勞進行封賞，以和洽為水軍大都督，杜襲為副都督，繼續統領漢國水軍，他的華夏國大軍則陸續過河，一天之內，在南岸紮下了無數營寨，連綿百餘里，聲勢浩大。

和洽、杜襲投降，田豫下落不明的消息很快便傳到了襄陽城，群臣皆驚，劉備更是大怒，下令將和洽、杜襲的家眷全部誅殺。

可是，和洽的家眷根本不在襄陽，而是在江陵城，杜襲的家眷亦是很早便遷出了襄陽城，屠刀舉起，卻沒有殺一個人，劉備一怒之下，將韓嵩、傅巽等與和洽來往密切的人盡皆滿門抄斬，並下令封鎖城門，任何人不得私自出城，五萬大軍龜縮在襄陽城裡。

與此同時，江陵城也發生了戰爭，吳軍十五萬圍城，四面攻打江陵城，周瑜分派蔣欽、徐盛攻打西門，董襲、潘璋攻打南門，賀齊、宋謙攻打北門，他自己則帶著凌操、陳武攻打東門。

凌操身先士卒，手持百煉鋼刀，身披厚甲，肩膀上扛著一包麻袋到了護城河邊，冒著箭雨，將麻袋填入護城河中。身後的士兵也個個奮勇，大力者一人扛兩袋，將裝滿黃土的麻袋全部扔了進去，然後再向回跑。

往來數次，成千上萬的麻袋積累起來，硬是將護城河填出一條路來。

這邊道路填出，凌操再次身先士卒，帶著三千敢死之士，人皆右手持刀，左手持盾，腰中帶著連弩，從填出的道路上迅速地衝到城牆下面，三千士兵舉著盾牌，在城牆下組成了一道防線。

護城河外，陳武指揮著投石車向江陵城的城牆砸去，一方方大石在空中飛舞，砸向江陵城又高又大的城牆，碎裂的石屑隨風而動，瀰漫著整個城牆，嗆得漢軍士兵睜不開眼。

周瑜騎在馬上，遠遠望去，心中甚是快慰。

不一會兒，士兵們扛著雲梯便朝凌操那邊彙集過去，在城牆根那裡架起雲梯，趁著城牆上的士兵睜不開眼時，紛紛向上攀爬。

此時，四門同時受到攻擊，在太守府中的諸葛瑾驚慌失措，急忙叫人擂響戰鼓，城中士兵紛紛向四門湧去。

諸葛瑾策馬出門，正遇到司馬朗，便道：「伯達隨我同去東門，吳軍攻城了。」

司馬朗也是一陣錯愕，本來他得到的答案是吳軍開春才攻城，怎麼硬是提前了一兩個月?!

清冷的早晨，立刻被戰火瀰漫，城牆邊的百姓紛紛向城中靠攏。

不多時，諸葛瑾、司馬朗都來到東門，一到城樓上，便看見外面吳軍鋪天蓋地，白茫茫的雪地上黑壓壓的一大片人，穿著青色戰衣的吳軍在雪地上來回奔波。

吳軍的大纛下面，周瑜正在指揮全軍作戰，城牆下面都是吳軍，攻勢相當的猛烈，空中巨石飛舞，撞擊在城牆上發出一聲聲悶響，頓時石屑亂飛。

江陵城的城牆很厚，對於這種巨石撞擊，像是蚊子在撓癢，城牆上的漢軍在城門守將的帶領下，也是個個奮勇。

這些人都是來自荊南四郡，出身山林，魁梧健壯，攀岩走壁亦是身輕如燕，此時用來防守城池，盡顯悍勇，一個個冒著巨石、箭雨之危，推倒一個個雲梯，讓吳軍將士沒有一個能夠攀爬上來。

「放箭！射死他們！」諸葛瑾指揮著部下，衝著眾人喊道。

此時援軍趕來，增援四大城門，以絕對的優勢守住城頭，硬是沒讓一個吳軍爬上城牆來。

周瑜看到漢軍防守的極為嚴密，而吳軍的強攻卻起不到什麼作用，加上攻城部隊傷亡不少，便下令將軍隊撤了下來。

吳軍退兵一個時辰後，又再次齊攻四門，這一次的攻勢比之前次更甚，周瑜調整了攻城方案，將所有的投石車全部集中在東門，對著城門便是一陣猛轟，將東門砸得遍體鱗傷，可是江陵城的城牆卻依然矗立在那裡。

吳軍步軍再次扛著雲梯攻城，踩著前次戰鬥所陣亡的屍體，每個人都紅著眼，恨不得將漢軍統統殺戮。

可是，江陵城的城牆甚高，漢軍防守嚴密，吳軍再次退卻。

經過兩次守城的戰鬥，諸葛瑾一邊讓人將受傷的士兵抬下去醫治，一邊讓人把陣亡的士兵抬走集中埋葬。他則到士兵中間巡視士兵的情況，種種行徑，都讓守城士兵倍感溫馨。

還不到半個小時，吳軍展開了第三次的猛攻，這一次吳軍只攻打三個城門，抽調了攻打西門的兵力猛攻東門。

江陵城東門吃緊，諸葛瑾連忙抽調西門兵力增援。

周瑜騎在高頭大馬上，一番眺望之後，嘴角露出一絲笑容，下令道：「即刻命令董襲、潘璋、宋謙、賀齊，將南北二門的兵力全部用於攻打西門。」

傳令官去傳令了，周瑜又吩咐另外一名傳令官道：「給凌操發令，再讓他堅持一會兒！」

「諾！」

第十章

用武之地

「兄長，陛下防備自己的結義兄弟都像防賊一樣，對我們又怎麼能夠放心？我想兄長在荊南也是親眼目睹，關、張二人待陛下又是如何？」

諸葛瑾搖搖頭嘆道：「希望這一次你真的沒有看錯，華夏國能成為你的用武之地。」

凌操等人盡皆身披重甲，舉著盾牌，在城牆下面守禦的極為嚴密，每次衝鋒，他帶著的三千鐵甲盾牌兵都是衝在最前面，雖然每次吳軍都是以雄渾的姿態進行強攻，可是死傷的士兵卻很少，基本上每個人到了城牆下面，都是以盾護身，攻來攻去，裝束雖然在不停地變換著，卻始終只有凌操一部人馬。

諸葛瑾在城牆上看到城牆下吳軍如同蟻穴，越聚越多，個個舉著盾牌，箭矢也射不穿，而且空中飛舞的巨石還在不停地破壞著城門，一時間也無可奈何。

過了好一會兒，西門守將派人來報，說西門遭受大批吳軍的猛烈攻擊。諸葛瑾這才意識到吳軍是聲東擊西，急忙下令讓南北二門的兵力各抽調一門用於防守。

從晨到晚，吳軍一共發動了七次進攻，雖然沒有一次成功，卻將城門漢軍弄得團團轉，時而猛攻南門，時而猛攻北門，時而四門齊攻，時而雙門齊攻。

吳軍中負責來回奔波的都是山越族的士兵，奔跑能力十分的迅速，東一槍，西一炮的，令城門守軍不堪其擾。

傍晚時分，吳軍的第八次進攻退卻，天色也漸漸暗了下來，江陵城的四個城門一片狼藉，城門四周死屍一片，地上的白雪都被鮮血染紅，護城河裡滿是泥漿以及漂浮的屍體。

漢軍守城的將士早已經累得不行，看到吳軍終於退卻了，這才鬆了一口氣。諸葛瑾下令給全城士兵好酒好肉，贏得了士兵們的一致歡呼。

入夜後，吳軍沒有採取任何攻勢，諸葛瑾也是累了一天，嗓子都要喊啞了，雖然知道這是吳軍在消耗自己城內將士的體力，可一時間他也想不出什麼好的方法。

城裡面只有精兵，沒有良將，唯一的辦法就是堅守城池，而且江陵城較為富饒，荊南四郡的錢糧都囤積在此，又是南郡的郡城，可以說，漢國的一半錢糧都在此處囤積，所以城防比一般城牆要厚重一些。

太守府裡，諸葛瑾和司馬朗對面而坐，兩個人獨自小酌。

酒過三巡之後，諸葛瑾先說道：「周瑜今天八次進攻江陵城，可是損傷的卻不過才兩千多兵，他的目的不在攻城，而是想拖垮我們。一天兩天，將士們姑且還受得了，一旦時間久了，只怕會被活活累死。伯達兄，你可有什麼好的計策嗎？」

司馬朗想了想，說道：「周瑜一直是陛下器重的人，陛下曾經說過，周瑜是人中龍鳳，從他帶兵攻打山越，然後平定士燮的越國，就可以看出，他的能力很

是傑出。子瑜賢弟雖然也是才智過人，但是和周瑜相比，只怕略有遜色。加上城中沒有良將，長久下去，確實對子瑜賢弟不利。不過，我倒是有一個計策，只要子瑜賢弟點頭即可。」

諸葛瑾問道：「什麼計策？」

司馬朗笑道：「很簡單，華夏國和東吳有盟約，只要江陵城裡掛上華夏軍的大旗，吳國就不得不退兵了。」

諸葛瑾笑道：「伯達兄，你這是算計我啊，舍弟的條件還沒有答應呢，怎麼你就那麼急？我看還是等舍弟的消息吧。」

司馬朗道：「隨你，反正我就是這個意思。不過，接下來周瑜會做出什麼樣的計策，我可不敢擔保。如果再這樣沒玩沒了的下去，只怕江陵城真的會被攻破。今天我看見了，周瑜雖然讓人猛攻，可是卻只是佯攻，做個樣子而已，並未使出全力，如果明日再來這樣的事情，我看你怎麼應付。」

諸葛瑾皺起了眉頭，說道：「姑且走一步算一步吧，反正舍弟早晚都是要歸順的，你急什麼？」

「不是我急，是周瑜急，不然周瑜不會這麼快的攻打江陵。」

兩人正說話間，突然聽到外面鑼鼓喧天，四周喊殺聲起，諸葛瑾驚得直接把杯子摔在了地上，急忙出了太守府。

司馬朗坐在那裡，只是一陣冷笑，心道：「你自討苦吃，也怨不得別人。周瑜啊周瑜，我還真是要感謝你啊，沒有你的話，這江陵城我又怎麼能唾手可得呢？」

吳軍正在不斷地攻打著江陵城，夜間的江陵城外處處火光，被照耀得如同白晝，投石車不停地轟擊著城牆，只是這次吳軍的步兵卻沒有去攻城，只是持續的用投石車進行攻擊。

「轟！轟！轟！」

一聲聲巨響不斷在諸葛瑾的耳邊響起，所有人都躲在城垛的後面，頭上石屑亂飛，城牆每被撞擊一次，便會輕微地顫動，這是白天所沒有出現的。

「大都督！末將請求出城與吳軍決一死戰！」

終於有人忍不住了，城內十萬軍馬如此坐以待斃，傳出去確實不是什麼光彩的事。

諸葛瑾看了眼來人，見來人不過十七八歲，身材高大魁梧，國字臉，八字鬍，正是牙門將軍傅彤。

他搖搖頭，嘆了口氣道：「吳軍兵多將廣，我軍苦無良將，無法出城迎戰，不如堅守城池為上。」

傅彤拜道：「大都督，吳軍兵多將廣，我軍也非庸兒，末將雖然沒有萬人不當之勇，但是願意率領一支軍馬出城，與吳人決一死戰，還請大都督成全。」

江陵城裡的將士都是最近五年漢國新徵召的，均是關羽、張飛帶出來的兵，年輕人初生牛犢不怕虎，守了一天的城池，城內士兵盡皆疲於奔命，許多人早就看不下去了。

傅彤這廂一經請命，圍繞在諸葛瑾身邊的許多年輕軍官都叫嚷起來，紛紛叫著要出城與吳軍決一死戰。

諸葛瑾看到這一幕，像是看到了一線希冀，環視周圍一圈，叫道：「你們當真要出城與敵人決戰嗎？」

「請大都督成全！」傅彤等人異口同聲地答道。

「不畏艱險，不畏懼死亡？」

「我等願意立下軍令狀！不拔敵軍營寨，絕不返還！」傅彤帶頭說道。

諸葛瑾喜道：「我等的就是這個時候，傅將軍，我現在升你為破虜將軍，率軍五千從東門殺出，吳軍料我軍無甚良將，不敢出城迎戰，此次傅將軍出城，定然能夠殺他一個措手不及。」

言畢，諸葛瑾當即親赴軍營，挑選五千敢死之士，並且給予江陵城中庫存最為精良的秘密裝備，讓傅彤等人全部穿上。

在一餐飽食之後，略微歇息一會兒，便讓傅彤帶著五千騎兵聚集在東門，等候命令。

與此同時，諸葛瑾派出三員戰將，分別從南門、北門、西門同時殺出，每個人各帶領一萬馬步。

江陵城外，吳軍的大都督周瑜正在觀戰，看著投石車不斷地砸向東門，城牆的周邊也已經被砸得破爛不堪，便笑了起來，心想再過一會兒，就可以發動真正的總攻了。

忽然，一騎飛馳而來，奔到周瑜身邊，大聲叫道：「大都督，漢軍出城了，分別從南門、西門、北門殺出，聲勢浩大，齊攻三門外的營寨，諸位將軍請示大都督命令……」

「出城了？漢軍中除了關羽、張飛、田豫、嚴顏，就沒什麼將才了，怎麼可能會出城展開攻擊？」

周瑜也是吃了一驚，自從密探發現諸葛瑾將關羽、張飛的家人送走之後，周

瑜便已經制定好計畫，為的就是今天。

此時，他營造了一天的氣氛徹底被攪亂了，因為他將所有的兵力全部抽調到了東門，這也是為什麼他一直用投石車不停地攻打東門的緣故，其他三座城門外面的營寨留下的兵力只有一兩千人，面對漢軍的攻擊，肯定會顯得吃力。

他當機立斷，立刻喊道：「潘璋、董襲、蔣欽聽令！」

「末將在！」潘璋、董襲、蔣欽齊聲叫道。

「命你們三人各自帶領五千人馬馳援三座大營，務必將漢軍擊退。很有可能是漢軍想來個魚死網破，絕對不能讓他們突圍而出，把他們逼回城裡去！」

「諾！」

話音一落，蔣欽、潘璋、董襲三將便立刻率領人馬去馳援三座城門了。

周瑜這次雖然用十五萬人馬圍城，但是在他的估算中，五萬人馬即可攻下江陵城，所以他所動用的兵馬實際上只有五萬，其餘十萬則在一旁壯其聲勢。

江陵城裡，諸葛瑾回到東門，看到吳軍已經開始有兵力調動了，便立刻下樓，對傅彤道：「傅將軍，一切拜託了，不要管兩翼的兵馬，直接衝著周瑜所在的中軍殺去，只要周瑜的中軍一退，兩翼的指揮就會失靈！」

傅彤點點頭，在馬背上向著諸葛瑾抱了一下拳，說道：「諾！」

「打開城門，放下吊橋！」諸葛瑾當即下令道。

隨著諸葛瑾的一聲令下，士兵將城門打開，然後將吊橋放了下來。

吊橋一經放下，傅彤等五千騎兵便浩浩蕩蕩的從城門衝了出來，直撲周瑜的中軍。

周瑜正在觀戰，突然看見東門這裡也殺出了兵馬，冷笑一聲道：「原來如此，諸葛瑾看來還頗有用兵之道，不過，很可惜，這裡是我攻擊的重點，兵馬三萬人，身後十萬大軍更是穩如磐石，區區數千騎兵能耐我何？凌操、陳武！」

「末將在！」

「各引八百連弩手，散在左右兩翼，專射敵軍座下戰馬！」

「諾！」凌操、陳武欣然領命，各自率眾分開兩邊。

分布在左翼的宋謙和右翼的賀齊看見傅彤帶著五千騎兵衝了出來，都是一陣冷笑，認為這麼少的人，怎麼可能是吳軍的對手，遂派人向中軍周瑜處去請命。

周瑜認為中軍有實力解決這五千騎兵，所以對於宋謙、賀齊的提議予以駁回，讓他們只在兩翼觀戰，養精蓄銳，因為攻城時，他們才是主力。

徐盛、丁奉身在後軍，聽聞漢軍出城了，紛紛策馬來到中軍，見到周瑜後，便要求請命迎戰。

周瑜依然予以駁回，留下徐盛護衛在自己身邊，讓丁奉回去壓陣。

說話間，傅彤等人便衝了過來，凌操、陳武立刻帶領連弩手予以射擊，專射漢軍馬匹。

一時間，成千上萬的弩箭射向了漢軍的馬匹，傅彤等人都是敢死之人，沒有絲毫的畏懼心理。

傅彤帶領著前軍一千騎兵僥倖躲過，身後四千騎兵盡皆人仰馬翻。

四千騎兵一經從馬背上跌落下來，也沒有慌亂，而是握著兵器，迅速地朝前奔跑著。奔跑的速度極為驚人，跟在傅彤的後面，相差並沒有多遠。

周瑜看到這一幕，大感驚訝，沒想到漢軍當中還有如此善於奔跑的人，簡直可以和他收編的山越人所組成的軍隊相提並論。但是，他依然自信滿滿，絲毫不將這些人放在眼裡。

這時，傅彤的騎兵隊伍即將奔馳到前軍，前軍的弓弩手頓時萬箭齊發，專射傅彤等人的座下戰馬。

「希律律……」

馬匹發出一連串悲鳴的叫聲，箭透體內，鮮血橫流，一些戰馬負傷繼續向前奔跑，在身中數十支箭時，戰馬終於抵擋不住疼痛，轟然倒地。

傅彤等人早就做好了準備，在戰馬倒地的一瞬間，便立刻從馬背上跳了下來，才不至於摔在地上。

眾人一經落地，便立刻抽出腰間裝備的飛刀，紛紛朝著吳軍的弓弩手射了過去，一時間道道寒光刺穿了吳軍的喉嚨，在前軍前排的弓弩手盡皆喪命。

但是，漢軍的反擊並未就此結束，在每人裝備的七把飛刀射光之後，隨即抽出了腰中配備，左手則伸向背後，用力一拽，將早就背在背後的圓形藤牌取了出來，一手持著藤牌，一手持著明晃晃的佩刀，迅速組成一道防線，快速地朝吳軍的前軍衝了過去。

「嗖！嗖！嗖……」

無數支箭矢朝傅彤等一千人射了過來，均被一千個人手中持著的藤牌擋住。

此時傅彤等人靠近了吳軍的前軍，前軍的人這才看清傅彤等人身上穿著的並不是盔甲，而是全部以藤條編製而成的甲衣，整個人裹在藤甲的裡面，箭矢射到他們的身上，竟然無法穿透。

「轟！」

傅彤等一千藤甲兵迅速地衝撞上吳軍的前軍，手起刀落，吳軍的弓弩手盡皆人頭落地，鮮血噴湧，灑滿一地。

傅彤背後那四千失去戰馬的士兵，看到傅彤等人衝了過去，也個個奮勇，分布在兩翼的連弩手射出來的弩箭，竟然無法射穿他們身上的甲衣，弩箭一經撞在他們所穿的藤甲上，立刻被反彈出去，讓凌操、陳武大吃一驚。

與此同時，四千士兵當中，立刻分出兩千撲向凌操、陳武所在的兩翼，藤牌護面，藤甲護身，手中緊握佩刀，一經衝上去，便立刻將吳軍殺得哭爹喊娘。

凌操、陳武等人舉起兵器便砍，可是不知道為什麼，他們的兵刃竟然刺不穿漢軍身上的那層藤甲，無奈之下，只能四散逃竄。

周瑜騎在馬背上，看到傅彤等人勇不可擋，自己布置好的士兵就這樣被傅彤等人衝散了，大感吃驚。

吳軍手中兵器失去了作用，便抱著敵人扭打成一團，可是卻被敵人的兵器所傷，只片刻功夫，吳軍就陣亡了兩千餘人。

他此時才明白過來，這撥人根本不是騎兵，而是步兵，戰馬不過是為了將這五千人送到前線的一個工具而已，目的就是讓這撥人來攪亂他的中軍。

漢軍的反擊達到了目的，吳軍的前部無法抵擋，傅彤等一千人勢如破竹，雖然受到吳軍的阻擋，卻很容易衝破。

這個時候，傅彤部下的另外四千人都一起衝了過來，和傅彤彙聚在一起，迅速凝聚成一股很強大的力量。

吳軍的將士紛紛湧上去阻擋，可是傅彤等五千人卻像是一尊滾動的小山，滾到哪裡，無論來多少人，最終的結果只有一個，那就是死。

「大都督，漢軍出奇兵，此時勢不可擋，該如何是好？」

徐盛急了，看到前軍凌操、陳武被漢軍追得像狗一樣狼狽的逃了回來，士兵也都盡皆丟盔棄甲，立刻問道。

周瑜早有定奪，退兵是早晚的事，但是，他之所以遲遲不退兵，就是想看清楚傅彤等藤甲兵有什麼弱點沒有。可是，觀察了那麼久，他始終無法看出藤甲兵的弱點，藤甲兵就是刀槍不入，殺起吳兵來，也像是砍瓜切菜一般。

徐盛看到傅彤等人兵鋒越來越近，前軍潰不成軍，便急了，大叫道：「大都督，退兵吧，暫避鋒芒，來日再戰！」

周瑜緊皺著眉頭，看到傅彤一馬當先，身上鮮血淋漓，作戰勇猛異常，立刻叫道：「退兵！」

聲音剛落，徐盛還來不及傳令，便忽然聽見吳軍背後一片噪雜的聲音，後軍存放糧草的營寨頓時火起，而且左右兩翼的營寨也都起火了，同時，火光當中，

「漢」字大旗迎風飄展，一員年輕的小將手提一把大刀，帶著千餘騎兵從背後殺了出來。

周瑜扭頭看到這一幕，奇怪道：「漢軍被圍得死死，何來的漢軍從背後殺來？」

前後皆有敵人，但是對吳軍來說，糧草大營最為主要，如果盡皆被焚毀，那麼他們就會失去在荊州立足的根本。

周瑜當機立斷，大聲叫道：「鐵甲軍斷後，後隊變前隊，全軍撤回大營，糧草萬萬不能有失，救火！」

徐盛領了命令，帶著環繞在周瑜周圍的五千鐵甲軍，立刻組成一道牢固的牆，放前軍的吳軍回來，目的在於擋住傅彤等人的藤甲兵。

在後軍的丁奉立刻變換隊形，回營救火，數萬大軍全線撤退，周瑜臨走時，還看了一眼江陵城，心有不甘，卻也無可奈何。

傅彤一路追殺吳軍，後來看到徐盛的鐵甲軍斷後，吳軍全線撤退，吳軍大營的後面又起了大火，便顯得很是興奮，正要向前追擊，城中卻奔出一騎，帶來諸葛瑾的命令，讓傅彤撤軍回城。

傅彤不甘心，試圖衝徐盛所帶領的鐵甲軍，衝了兩次，沒有衝過，這才撤軍回城。

在回城的路上，傅彤遇到從南、北、西三門撤下來的兵馬，殺紅眼的他們，直接撞上了潘璋的軍馬，一番血拼，潘璋根本不是對手，潰散而逃，傅彤卻越發英勇，陣斬潘璋部將馬忠，提著馬忠的人頭回城邀功。

吳軍撤退回營，出現的那一小支漢軍騎兵也消失不見，而營寨中的火因為搶救及時，而沒有釀成大禍。

周瑜吃了這一虧，心中不勝懊惱，但是始終想不出來，漢軍哪裡又來了一支軍隊。

戰事一了，吳軍此戰損兵一萬多人，而漢軍只損失了佯攻南、北、西三門外的吳軍營寨的千餘人，漢軍首次取得了被入侵後的勝利。

這個結果，是司馬朗最不願意看到的，他沒有想到漢軍居然還有如此戰鬥力，但是表面上，他還是恭喜了諸葛瑾。

勝利之後，兩個人再次小酌時，諸葛瑾才道出其中緣由，**原來今天這場勝利，竟是他按照諸葛亮留下的計謀行事的**，司馬朗聽後也是一驚，不禁佩服起諸葛亮來。

江陵城北五十里外一處廢棄的村莊裡，司馬懿帶著賈逵靜靜地等候在那裡，身邊十名精壯之士護衛著。

「大將軍，前次你讓文將軍回去報信，屬下就有點好奇，我們也正在用人的時候，大將軍卻為何讓文將軍一去不返呢？」賈逵坐在篝火邊，望著對面的司馬懿問道。

司馬懿正在閉目養神，雖然沒有睜開眼睛，但是耳朵卻聽得仔細，蠕動了一下嘴巴，說道：「有驃騎將軍張郃、右將軍陳到，再加上虎衛大將軍甘寧的五萬水軍，足以讓我掌控一切，皇上那裡正是用人之際，讓文聘回到皇上那裡，也不浪費人力啊。」

賈逵苦思不解的問題終於得到了答案，便不再說話了。

文聘本來是跟著司馬懿一起到當陽的，當司馬懿安排好一切後，便將文聘遣返回去，所以賈逵才會有此一問。

過了好一會兒，村莊外面聽到一陣急促的馬蹄聲，司馬懿突然睜開眼睛，站了起來，對賈逵道：「出去迎接關將軍！」

一行人來到外面，只見一員提著大刀的白淨小將翻身下馬，司馬懿笑著抱拳說道：「關將軍，我在這裡等候你多時了，事情應該成功了吧？」

被稱呼關將軍的人年紀不過十五六歲，面目俊朗，目若流星，唇紅齒白，乃是漢國大將軍關羽的長子關平。

關平一下馬，便向司馬懿拜了拜，說道：「大將軍智謀過人，那周瑜果然中計，只可惜大將軍給我的兵馬太少，不能讓我痛痛快快的殺上一場，否則，我定要燒毀周瑜的糧草大營，讓吳軍全部餓死。」

司馬懿道：「關將軍不必如此，我華夏國和吳國好歹也是盟國，今天破例幫助關將軍，也是事出有因。既然今天成功了，那麼關將軍是不是也該按照約定，回到我們華夏國了？」

「不！我要去找我父親，我臨行前已經和家母說過，不找到我父親，我絕對不會回去的。大將軍，只要我找到了父親，我會按照當初我們的約定歸順華夏國的。」關平執拗地道。

司馬懿聞言道：「百善孝為先，關將軍是個孝順的人啊，既然如此，我也不好阻攔，只是，你記住，以後千萬不可再魯莽行事，若不是我先遇到了你，單憑你一人之力，怎麼可能是周瑜十五萬大軍的對手？」

關平道：「怕什麼，大不了就是一死嘛！」

「關將軍的膽略，仲達自然不會否認，只是死也要死得其所，死的有價值，

你這樣死去，一點意義都沒有。這裡有五十枚金幣，七天的食物和水，你帶在身邊，路上不至於餓著，這匹馬，也一併送給你了。」

司馬懿讓士兵拿來盤纏、食物和水，遞到關平的面前。

關平道：「謝謝大將軍了。我走之後，還望大將軍代為照顧家母和舍弟，以及我三叔的家眷。」

「放心，皇上對關、張兩家會照顧得無微不至的，見到你父親後，記得告訴你的父親，就說皇上一直會在洛陽城裡等著他，只要他願意，隨時都可以去見皇上，你們的家也會安置在洛陽。」

關平點點頭，抱拳道：「那就告辭了！」

說完，拿上司馬懿給的東西，騎上戰馬，只帶了一柄短劍，策馬而走，很快便消失在夜色當中。

賈逵見關平離去，問道：「大將軍，關平也算是將門虎子，這樣放他歸去，豈不可惜？」

「只要關羽歸附，關平自然會歸附，張飛也會。皇上在漢水河邊發現了關羽在破舊的土地廟裡寫下的字跡，所以才會讓我如此做。現在，收拾兵馬，撤軍回營。**明日一早，大軍全線進發，兵臨江陵城下，與吳軍爭鋒。**」

賈逵道：「可是皇上讓我們駐守當陽，截斷襄陽和江陵的聯繫，大將軍不得聖旨，私自出兵，而且還是和盟軍爭奪，會不會引起兩國邦交上的爭端？」

「將在外，軍令有所不受，何況皇上已經委任我為征南大將軍，全權處理征南事宜，征南，指的就是江陵以南的地方。皇上要是怪罪下來，一切罪責有我扛著，與你們無關。還有，你派人去通知虎衛大將軍甘寧，讓他的五萬水軍折道返回，由長江進入江陵一帶，橫在江上，切斷荊南四郡和江陵之間的聯繫。」司馬懿一臉冷峻地說道。

賈逵驚住了，心想這司馬懿也太大膽了，不過才是征南大將軍，怎麼敢向甘寧發號施令。

他愣了一下，問道：「大將軍，甘寧可是五虎大將之一，又是皇上親封的虎衛大將軍，大將軍現在的官銜也不過和甘大將軍平級，只怕……」

「我有皇上親授手諭，負責全權征南事宜，任何人都要協同作戰，必須要聽我調遣，如果軍令無法統一，如何完成征南事宜？你拿著皇上寫給我的手諭，親自去竟陵見甘寧，陳說利害關係，並且讓陳到由陸路出兵，屯兵華容道。」

正所謂官大一級壓死人，賈逵是曾經的武科狀元，被封為左車騎將軍，但是在品級上，卻低了司馬懿一級，是從一品。

他聽後，無法反對，便抱拳道：「諾！屬下遵命！」

司馬懿點點頭，轉身對哪一千名騎兵說道：「大家辛苦了，現在全軍回營。」

司馬懿等人回到營寨不多時，便有斥候來報，說是有兩撥人馬分別從當陽奪路而去，斥候疑是看見了吳國的皇帝孫策以及大將周泰，另外一路斥候則說看見了諸葛亮。

兩路斥候匯總到司馬懿這裡時，司馬懿只是一笑了之，並不多言，下令所有人不准再追擊，撤去當陽一帶所有防護，準備明日拔營起寨，向江陵進發。

同時，司馬懿派人去通知張郃，讓他從夷陵出兵，溯江而上，攻打秭歸、巫縣、魚復三地，並且以他所部軍馬駐守在益州巴郡的魚復縣，伺機而動。

另外，司馬懿分派帳下一個中郎將帶兵五千去駐守夷道，控制長江兩岸。

這邊命令下達之後，華夏軍便紛紛做好準備，只等平明拔營起寨。

江陵城裡。

諸葛瑾大勝一場，就連傅彤等人也都毫髮無損，不禁對這五千副藤甲尤為依賴。

時至半夜，守城軍士忽然看見一小撥人靠近城池，問明之後，方知是諸葛亮帶著沙摩柯回來了，守城將士立刻開門放入，並且派人去通知諸葛瑾。

諸葛瑾聽聞諸葛亮回來了，喜出望外，親自去迎接，一番寒暄之後，這才迎入房中。

「兄長，這些日子吳軍動向如何？」

諸葛亮一進入大廳，不問別的，專門問吳軍的動向。

諸葛瑾於是將一個晝夜的激戰情形告訴諸葛亮，並且將周瑜後營起火的事也一併說給諸葛亮聽。

諸葛亮聽後，狐疑道：「奇怪，我並未在城外留有軍馬，周瑜後營如何起火？」

諸葛瑾道：「我也納悶，不知道是何處兵馬所為，我還道是你秘密留了一手，讓人在外面配合呢。」

諸葛亮想了想，笑道：「司馬懿大軍駐紮在當陽，分兵三路，意在鉗制吳軍，我想，**周瑜後營起火**，**必是司馬懿所為**。兄長，聽聞司馬朗在此間，怎麼不見他人？」

「哦，我這就去派人叫他過來。孔明，你與華夏國皇帝洽談如何？」

「此人確實是一位明主，而且見識非凡，非我能比擬。」

諸葛瑾聽完諸葛亮的話，便已經明白他的意向了，不禁道：「這樣做，只覺得有點愧對陛下……」

「兄長，陛下防備自己的結義兄弟都像防賊一樣，對我們又怎麼能夠放心？五年來，關羽、張飛都被丟在荊南，雖然有大將軍、大司馬之名，卻沒有大將軍、大司馬之實，我想兄長在荊南也是親眼目睹，關、張二人待陛下又是如何？」

諸葛瑾搖搖頭，嘆道：「一切都是為了我們諸葛氏，希望這一次你真的沒有看錯，華夏國能成為你的用武之地。」

「兄長放心。」

兩人商議完畢，便讓人去請司馬朗。

諸葛亮知道，司馬朗是司馬懿的長兄，又是外交部的尚書，在華夏國也算有分量的人，便準備通過他來實現自己的大計畫。

不久，司馬朗便來到前廳，看到諸葛瑾、諸葛亮二人，雖然他沒有見過諸葛亮，但是見相貌和諸葛瑾相差無幾，也能推測出來，當即抱拳道：「見過二位諸葛大人。」

諸葛亮笑道：「司馬大人好眼力，既然已經知道我是誰了，那麼我就不再自我介紹了，請坐。」

司馬朗坐下後，問道：「諸葛丞相不是在襄陽嗎？」

「此一時，彼一時，司馬大人，咱們就不再客套了，直接開門見山，我有一計，可助華夏國奪得除卻江夏以外的荊州，不知道司馬大人可否願意聽？」

「當然！不過，我想諸葛丞相這個計謀必然會有什麼條件吧？」司馬朗也不笨，當即問道。

諸葛亮笑道：「當然，我幫華夏國奪取江陵和荊南四郡之後，便會歸附華夏國，華夏國也應該秉公處理，為我論功行賞。」

「這個是自然，華夏國向來有功必賞，有過必罰，賞罰分明，絕不徇私。」

「這個我就放心了。」諸葛亮於是將自己醞釀已久的計畫給說了出來。

司馬朗聽後，不禁一陣狂喜，道：「如若果真如此，真是荊州百姓幸甚。」

「嗯，你此刻就出城，連夜奔馳到當陽，你的弟弟司馬懿將大軍駐紮在那裡，你且將計策說給他聽，讓他明日只管來取江陵即可。」諸葛亮道。

「好，我這就出城。」

當夜，司馬朗快馬加鞭，在傅彤的護送下，離開了江陵城。

與此同時，諸葛亮趁著吳軍敗績，讓沙摩柯帶人出城，返回武陵，自己則讓兄長諸葛瑾帶城中半數兵馬秘密出城，在南門外立下營寨。

吳軍雖敗，斥候猶在，漢軍的行動自然被斥候看在眼裡。於是，斥候急忙將江陵城中的異常舉動報知了周瑜。

周瑜聽到後，與眾將計議道：「諸葛瑾親自帶兵出城，在南門立下營寨，那麼城中必然有人守備，聽說劉備已經宣布諸葛亮為國賊，只因華夏軍在當陽防守嚴密，未曾放過漢軍一名斥候，所以江陵城中無人得知。此必是諸葛亮回到了江陵城，夜晚那撥人也必然是諸葛亮等人。看來，他是想與城外營寨互為犄角，以免再次受到我軍攻擊。這諸葛亮到底是比他兄長諸葛瑾聰明一些，知道困守並非上策的道理。」

「大都督，那我們該如何應對？」蔣欽問道。

「無妨，先停一天再說，今天士兵盡皆疲憊，不可再行攻擊，這個時候，陛下也該……」

「陛下駕到！」

就在這時，帳外忽然傳來一聲大喊，孫策當先走了進來，身後跟著周泰。

帳內周瑜等人一起拜道：「臣等叩見陛下！」

「免禮。」孫策大步流星地坐上大座，問道：「江陵城形勢如何？」

「臣今日佯攻一個晝夜，卻不料城中有人殺出，穿一身藤甲，盡皆刀槍不入，我軍無法抵擋，損兵萬餘人，無奈之下，只好退兵。又諸葛亮使奸計，與城中士兵裡應外合，險些燒掉我軍糧草，幸好撲救及時，不至於犯下大錯。」

周瑜簡單的說明了今天一天所發生的事，向孫策報告道。

孫策也是風塵僕僕的，聽到周瑜的話後，並沒有責怪，只是嘆了口氣，說道：「看來漢軍實力猶在啊。」

「陛下，臣以為，當務之急，應該是先讓士兵休息一日，待後日起大軍，以十數萬兵力同時強攻江陵，江陵城牆今天被我軍用投石車砸得也差不多了，如果強攻的話，或許能在三天之內拿下江陵。」

孫策點點頭道：「江陵是漢國最難啃的骨頭，只可惜我們當時估計不足，以至於有此一敗。公瑾，你就按你的思路去做吧，不必稟告我，我說過，指揮大軍，全權由你負責，衝鋒陷陣就交給我！」

周瑜想說些什麼，但是話到嘴邊又忍住了。因為他知道孫策的個性，如果反駁的話，肯定不會聽到什麼好聽的。

在他心裡，孫策是皇帝，衝鋒陷陣應該是將軍做的事，哪裡有皇帝親冒矢石的道理！雖然知道孫策悍勇，可是不怕一萬，就怕萬一，萬一孫策有個三長兩短，那吳國的基業將託付給誰?!

孫策似乎看出周瑜所想，笑著拍了拍周瑜的肩膀，說道：「放心，朕洪福齊天，不會有事的。」

請續看《三國疑雲》第十二卷 針鋒相對

三國疑雲 卷11 臥龍鳳雛

作者：水的龍翔
發行人：陳曉林
出版所：風雲時代出版股份有限公司
地址：10576台北市民生東路五段178號7樓之3
電話：(02) 2756-0949
傳真：(02) 2765-3799
執行主編：朱墨菲
美術設計：吳宗潔
行銷企劃：林安莉
業務總監：張瑋鳳

初版日期：2022年8月
版權授權：蔡雷平
ISBN：978-626-7153-05-5

風雲書網：http://www.eastbooks.com.tw
官方部落格：http://eastbooks.pixnet.net/blog
Facebook：http://www.facebook.com/h7560949
E-mail：h7560949@ms15.hinet.net
劃撥帳號：12043291
戶名：風雲時代出版股份有限公司

風雲發行所：33373桃園市龜山區公西村2鄰復興街304巷96號
電話：(03) 318-1378
傳真：(03) 318-1378
法律顧問：永然法律事務所 李永然律師
北辰著作權事務所 蕭雄淋律師

行政院新聞局局版台業字第3595號 營利事業統一編號22759935

定價：290元

國家圖書館出版品預行編目資料

三國疑雲 / 水的龍翔著. -- 初版. -- 臺北市：風雲時代出版股份有限公司, 2022.03- 冊； 公分

ISBN 978-626-7153-05-5（第11冊：平裝）--

857.7 110019815